诗集

散步曲

沈艺羡 著

长江文艺出版社

WALKING SONG

A

COLLECTION

OF

POEMS

by

SHEN YIXIAN

目录 _CONTENTS

致沈艺羡，在梅堰河边上散步　/张羞

散步（1）	3
散步（2）	4
散步（3）	5
散步（4）	6
停留在夏天	
爱	
两个小男人和一个老男人	
散步（5）	10
谁能陪我跳一支咖啡舞	
子弹出膛	
为何不自在	
散步（6）	14
剪个平头迎春天	
低调的对话	
回风	
散步（7）	19
用几只枇杷来奠定一个人的身份	
太阳雨	
散步（8）	24
没吃过饭的复仇者	
买了个瓜	
散步（9）	27

送完SAM回来
　　污透的早安
散步（10）　　　　　　　　　　　　　30
　　所有星星都必须有个名字
　　清明上坟别太迟
　　伸出舌头等美食
散步（11）　　　　　　　　　　　　　36
　　遮阳伞上的一滴雨
　　被秋风吹伤
散步（12）　　　　　　　　　　　　　39
　　白
　　一件浪漫小事
　　冯朗晨说雪可以吃
　　又立春
散步（13）　　　　　　　　　　　　　46
　　嗨
散步（14）　　　　　　　　　　　　　48
散步（15）　　　　　　　　　　　　　49
　　好事还是坏事
　　只有写诗
　　七月的热已经有目共睹
　　看云
散步（16）　　　　　　　　　　　　　55
　　外星人攻打地球
散步（17）　　　　　　　　　　　　　57
散步（18）　　　　　　　　　　　　　58
　　见习道
　　接Lance

DL
散步（19） 62
　　一克雨 A
　　标准版好男子
散步（20） 64
散步（21） 66
　　光秃秃
　　长白山的雪
　　愈合感
散步（22） 71
　　告诉夕阳，这就是平安诗
　　过年
散步（23） 73
散步（24） 76
　　听雪
　　海明威和徐渭
散步（25） 79
　　巴黎没有乡村音乐节
　　游湘湖
　　不懂描述
散步（26） 83
　　每一秒
　　外婆家的后院
　　一万只苍蝇盘旋在我的私密空间
散步（27） 88
　　古典式
散步（28） 92
散步（29） 93

六一节
上周六
散步（30） 97
只不过
散步（31） 101
这就已经足够
散步（32） 106
废诗
一斤龙眼
散步（33） 108
没时间说谎
散步（34） 111
礼物
散步（35） 115
散步（36） 116
散步（37） 117
散步（38） 118
散步（39） 119
散步（40） 120
散步（41） 121
散步（42） 122
散步（43） 124
散步（44） 125
散步（45） 126
散步（46） 127
散步（47） 128
散步（48） 130
散步（49） 131

散步（50）	132
散步（51）	133
散步（52）	134
散步（53）	135
散步（54）	136
散步（55）	137
散步（56）	138
散步（57）	139
散步（58）	140
散步（59）	141
散步（60）	142
散步（61）	144
散步（62）	145
散步（63）	148
散步（64）	150
散步（65）	151
散步（66）	152
散步（67）	153
散步（68）	154
散步（69）	155
散步（70）	156
散步（71）	157
散步（72）	158
散步（73）	159
散步（74）	160
散步（75）	161
散步（76）	162
散步（77）	163

散步（78）	164
散步（79）	165
散步（80）	166
散步（81）	167
散步（82）	169
散步（83）	170
散步（84）	171
散步（85）	172
散步（86）	173
散步（87）	174
散步（88）	175
散步（89）	176
散步（90）	177
散步（91）	179
散步（92）	180
散步（93）	181
散步（94）	182
散步（95）	183
散步（96）	184
散步（97）	185
散步（98）	186
散步（99）	187
散步（100）	188
散步（101）	189
散步（102）	190
散步（103）	191
散步（104）	192
散步（105）	193

散步（106）	194
散步（107）	195
散步（108）	196
散步（109）	197
散步（110）	198
散步（111）	199
散步（112）	201
散步（113）	203
散步（114）	204
散步（115）	205
散步（116）	206
散步（117）	207
散步（118）	208
散步（119）	209
散步（120）	210
散步（121）	211
散步（122）	212
散步（123）	213

汤圆梦

散步（124）	214
散步（125）	215

跨年夜

希望

散步（126）	218

富士山的雪

散步（127）	222
散步（128）	223
散步（129）	224

散步（130） 225
　一碗兰州拉面
　玩笑世界的纪念日
　落雪庆祝
散步（131） 230
散步（132） 231
散步（133） 232
散步（134） 233
散步（135） 234
散步（136） 235

致沈艺羡,在梅堰河边上散步

张 羞

梅堰河是一条什么河,在它岸边是梅堰路。梅堰路又是一条什么样的路,它沿着梅堰河水流的走向,不知道通向哪里。

一个人常走在梅堰河岸边的梅堰路上。没有走多远,他就返回家去。这说明梅堰河是附近不远的一条小河,适合一个人散步的地方。一个人他是一个临平人。临平(现为杭州市下辖区)原先是杭嘉湖平原上的一个历史悠久、人文荟萃的典型江南水乡。江南不仅是一个地理概念,还蕴含着特定的人文风貌。那是在以前,自古以来的以前。这会儿,当它蜕变成一个标准的经济发达区域,那历史中沿袭下来的气息却未曾改变。梅堰河仍是那条梅堰河。在季节变换与河水涨落中,岸边的香樟树木、花草植被、随意的行人,以及必要的风与夜空中的月亮,这一切构成了一个诗人需要的空间,使它成为一个可以栖息在心中的地方。这时的梅堰河是安宁的。它的质朴让人愿意亲近,去展开对纷繁生活的缓慢沉思。梅堰河在诗人心境中大概便是如此罢。我不曾发现，惊讶于我的这个大学同学会对一条家乡的河道如此执迷，报以深情。如同威廉·卡洛斯·威廉斯之于想象中的小城帕特森，诗人的创作已系统性地嵌入到梅堰河的生命中：假如一条河流也有生命。反之，它的形成不正是因为叙写它的这些诗吗？

　　诗远非一种记录、抒怀与对事物的近距离观察，而是对事物本身的接受，并与之保持一种平行的关系。假设，没有这些诗，梅堰河还是梅堰河吗？当然是。周围的花草树木，四季轮回，仍是它们自身的样子。但是我们不会知道，当一个孩子从地上捡起一片树叶，把它投入到梅堰河的流水中，这简单的动作同样也包含了深刻的意味。浅显即深刻。那是来自诗人的发现。是他看见的故事。写下它无须繁复的技巧，各式时髦的写作观念，而只需遵从于那诚实的感悟，以一个好诗人日常说话的语气。我羡慕这种超然于世外的写作姿态。不只具体的写作，在所谓诗坛中，沈艺羡也始终独立在外，保持着一个人的清净无为。这大概也是梅堰河需要一个诗人伴随它的样子罢。

散步曲

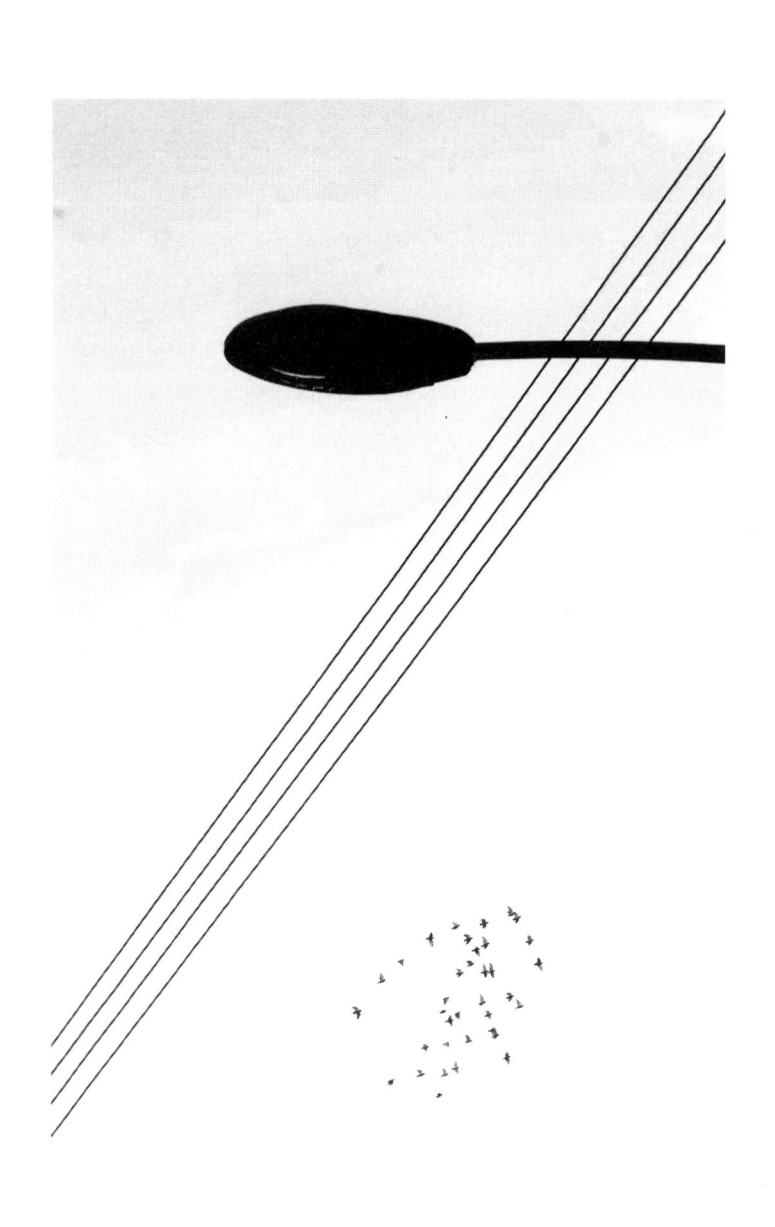

散步（1）

在心旷神怡的夜里

沿着梅堰河

南行

夜灯下的小狗

朝我眨眨眼

我立刻

丢掉了自己。乖乖

站到海棠树下

问海棠

嗨，好久不见

生活的单调

是不是因为缺乏也许

海棠看看河水

河水不语

河水正以

每秒三米的速度

淌过本月的遗憾

河里的波纹

真实胜过

我的命

散步（2）

三条河

都长得一般般

没什么惊讶可掘

我该选哪条

沿着散

短暂性着迷

可遇不可求

只有杨过比我懂

河的内涵

他曾劈开过三条河

怕就怕

黄昏的河水

不留情面

跟河水

近距离接触了

五分钟，还是不太能适应

这种近距离

河水是用来流的

不是用来近距离的

散步（3）

梅堰河

没我想得深

我想扔又　没扔

那些水，是不是在重复地流

我看了看天

月亮正用微笑

回复我微信

路过四周年店庆的迷城

以及中影铂金

今天没什么大片

今天的大片

是头顶的月亮

散步 (4)

出门遇见一条花斑狗

跑过来

和我对望

我逃开,星期三

天还是阴天

不可能塌陷成一个点

连光都无法逃出去

路上散落

几片花瓣

看上去充满诗意

其实也是

停留在夏天

你走进衣橱

脱下睡衣

套上裙子的那一刻

三尺开外的我

瞥见了

你

雕塑般精确的

腰部曲线

真希望

我与这两条曲线的距离

仍停留在

那个夏天

爱

感情出生

在不知不觉之中

当被发觉的时候

它瞬间

照亮我们来时的路

每一棵灵魂

都恋世（所以怕）

像一条条曲线

错落交合

为的是摆脱虚无的困顿

可是一开始便打上了烙痕

可以抓住的东西

很少，几乎没有

就算没有发生

我依然相信

它会像婴儿一样

朝我爬过来

两个小男人和一个老男人

一个老男人

带着两个小男人

走进了麦当劳

麦当劳里人真多

他们在自助点餐机上下单

然后选了一张

最亮的桌子坐下

谁

能把冰淇淋甜筒

舔成火焰

然后大口吃起汉堡

顺着汉堡的边缘

狠狠地咬

拙劣的吃法

不跟他们计较

越到后来

满足越少

麦当劳跟麦当娜

一字之差

却如此不同

一个四十岁的老男人

在麦当劳里

和两个小男人

并肩大吵

时哭时笑

像是隔着玻璃窗

表演魔术

散步（5）

今天是

地藏王菩萨的生日

小区门口的路边都插满香火,远远

被我们看见

"那为什么不用蛋糕呢？"小晨问

"因为神仙不吃东西,

神仙只需要给他一点祝福就够了。"

我忘了跟他说

神仙们都在天上

谁能陪我跳一支咖啡舞

酒和音乐

一旦分离

就不会产生美好的底线

隔岸观火

只是没有把握

表演有没有结束

如果未来就是现在

抓紧时间

来陪我跳一支咖啡舞

子弹出膛

子弹出膛

路线是擦过 A 的脸

到达 B 的左肺

B 倒地

重来一次

子弹出膛

穿透 A 的颈动脉

以及 B 的左耳

陷进玻璃墙

A 暴血而毙

这两种不同的结果

基于扣动扳机的手

或者叫

死神之手

B 死 A 不死

剧情走投无路

A 死 B 不死

一泻千里

一碗老汤面

和一顿海鲜自助

看你怎么选

为何不自在

少女睁开

那只忧郁的眼睛

眼皮垂下一片

将醒未醒的

曼珠沙华

用任性的手姿

护住身体

黑发小心翼翼

从锁骨处自然地流淌

马甲线

明暗相间

嚣张地

摆脱光线的层层要挟

从此以后

没有哪个谁

愿意把

宽容注入体内

——最佳剂量

直到能承受住

单方面背叛的压力

把事情拉回到

未发生的状态

散步（6）

在凉快的秋风里

散步到河边

有两个人坐在岸边

手握鱼竿

认真地看着河

两支夜光标

起起伏伏

在河水中闪烁

这是一种醉意的游戏

毁掉的是

鱼的怜悯

某些惊讶的东西

吹过河面

妖艳的夜光标

那人手一提

什么也没有

左手连忙扯住线

落空得

真快

对岸是一男一女

抱得很紧

对于钓鱼

他们视而不见

夜里总要有人

敢于冒险

来获得一点点

灯光的祝福

离开现场

秋风里我想到

如果有人

心快枯萎

最好的办法

是强刺激

剪个平头迎春天

雨天

不下雨

楼下玉兰花

谢完

换上了萌萌绿叶

樱花继续

落满一地

树上越来越少的那些

是狂奔少女的裙子

即将坠落

就差一口气

李白爱看

用雨伞隔绝天气

用雨伞祝福自己

三个指头

毫无安全感

打一个

喷嚏,春天就算

过去了

低调的对话

已经开始了么

还没有,好像

那我们先开始吧

好啊

为什么本世纪是最长的

因为才过了17年

我就老了

你没有信心活过本世纪么

越到后面越精彩

没有,未来难以掌控

你没有,我有

你的意思是

你想见到22世纪的人

不,人只是一个方面

更多的是

我想要我的意识

因为它有价值

这世界没有我的意识是

一种缺憾

无法合情合理

如果时间停止呢

那生和死

还有什么区别

对22世纪有很多幻想吗

如果有,也只是一部虚拟电影

好吧,我给你一张红桃 K

等于我们

绝对值相等

回风

昨天失眠失到了

埃塞俄比亚

坐在一棵菩提树下

观赏一头雄狮

狮子匍匐在地

前爪放在草上

眼神明亮而坦荡

我问他,最近运气如何?

他摇摇头,消失了

弄得那块蓝天

毫无必要

散步（7）

大雨过后

还有云层

把天

压得很低很低

梅堰河

流得很萌

香樟树把路

托往天空

树香熏得我

不敢多散步

祝福你

湿漉漉地祝福你

黄昏没必要

太抒情

我们都被命运

拍过几巴掌

才晓得

河水的流动

象征些什么

一条狗拦路而坐

它就是

不愿动

那我们就干脆

交个朋友

不就是路过菜场

顺带几根骨头

平添几分殷实

而非感动

用几只枇杷来奠定一个人的身份

枇杷用

鲜嫩无比的汁液

恭迎我的嘴

我用不善言辞的嘴

（也可能昙花一现）

和怀才不遇的命

恭送他的肉

（五月从来不阴天）

太阳雨

阳光照在她身上
雨也落在她身上
愉快
是一场太阳雨

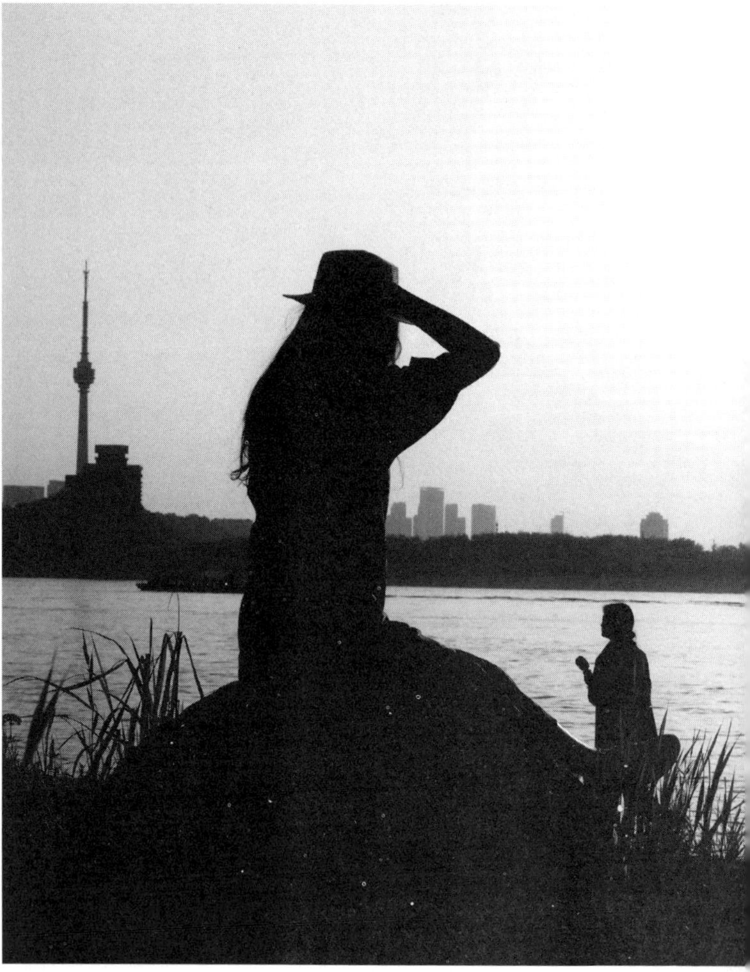

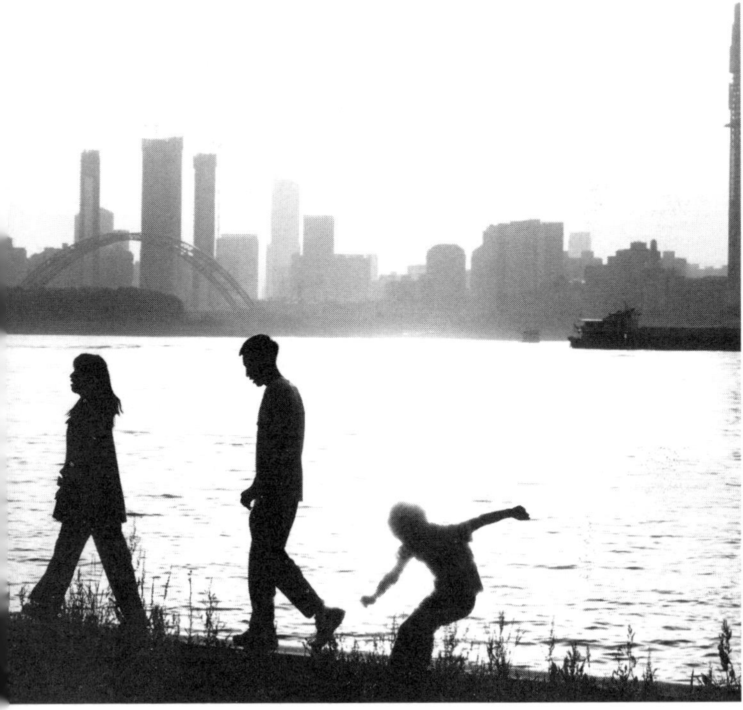

散步(8)

小满过后

天气有点乱

突冷突热

今天出门穿短袖

两条手臂凉凉的

像两根冰镇黄瓜

路上的人

有的穿短袖

有的穿长袖

但基本上

没有我

穿得那么怀旧

没吃过饭的复仇者

路中央的绿化带里

站着一个人

车子开过时

很明显

开始我还以为

是个神

但仔细一看

他头上还有一顶工地帽

面容憔悴

不像神

他应该是个

没吃过饭的复仇者

买了个瓜

今晚去水果店买了

一只大西瓜

我紧紧地抱着它

过人行横道

今天我好想吃西瓜

想象着

翠绿翠绿的皮

鲜红鲜红的肉

就特别激动

我边走边看瓜

瓜皮真好看

图案

是那么随心所欲

真不知道

它是怎么想出来的

我回家就给他们看看

散步（9）

咔嚓一声

我以为会留住

一些

最终只留住一朵（月季）

挺近胸口

称之为

"没有忧伤的生活毫无重量。"

送完SAM回来

我把电瓶车

开得跟走路一样慢

（主要是因为没电了）

路上的汽车一辆

一辆辆排着队

从我身旁过去

（其余电瓶车也是这样）

我好像背了个龟壳

在路上

很慢

不像有急事的样子

我只求天

不要在这时候

下雨,弄得我

左右为难

污透的早安

托

托托

托托托……

稳定。

持续。

浑厚。

霸气。

内敛。

狂热。

如同

一只巨熊站立在冰面

又似一头猛虎

荡过竹林

横穿我梦的

是一辆

摩托的声音

把我从梦里

拖出

甩在一张

硬邦邦的床上

是曼谷的第一个凌晨

没有漂亮的沙滩

只有头痛

延伸到喉咙

挟持着火辣辣的反抗

散步(10)

蚊子除了吸血

也有呼吸和睡眠

也有属于自己的笑点

和泪点

梅堰路的蚊子

离不开梅堰路

梅堰路又离不开

我的踏步

它们给过我几次

温柔的问候

今晚的梅堰河流得快

不给你

回旋的余地

像王羲之的《快雪时晴帖》

一气呵成

永恒的梅堰河

所有星星都必须有个名字

每天晚上
在卧室
做四十个
俯卧撑
来练胸肌的男人
对我说
继续做。

每天早晨
在坐便器上
听流行乐的男人
对我说
音乐
让肠道
动起来。

每天
临睡前
刷一遍朋友圈
的男人
对我说

朋友们的生活

极像

物美超市。

疲劳

乏味

和重复

能干掉

存在的必要。

清明上坟别太迟

祖坟年年上

一般都

带着沉重的心情去

再带着愉快的心情回

比起泥土里的祖先

阿弥陀佛

我们活到了他们的未知里

希望里

没有他们

我们就活没了

没有我们，他们

就活断了

意思是我们继续着

他们没活那部分

以及将来的子孙去活

我们没活的部分

地球才能继续

容光焕发

这就是扫墓的意义

可扫墓很少

能扫除贪、嗔、痴

所以，这是很久以来

难以打破的习俗

我们本来

就是祖先的神明。

伸出舌头等美食

刚开始在车子上

唱《李白》

唱得很嗨

然后，跟我说

要掉头去少年宫

听说要走一个小时

就搭着我的肩膀哭着要回家

可是我们只能往前走

回头路更长

然后就闹心地走开

人群中跟我们玩起

瞬间消失,我频频

打110

再去客服中心广播寻人

一个小时之后

你仍没出现(你已经12了,够大)

终于来了电

说你在繁花似锦餐厅

不愧是躲猫猫的

好少年

找了几家

青旅和民宿

客满为患

清蝉、哆啦梦旅、如家

看来虎跑路上不留人

然后乖乖坐上

31路，人挤人的车子

顶着爆胎的风险

一路祈祷

最终到达延安路

人间四月芳菲尽

行人只会过马路

在IN77地下城的太港港式餐厅

吃了两只猪手

一块咸鱼

几朵白蘑菇

舌头有点倦

在四月

这样一个时节

散步（11）

真为

梅堰河

感到遗憾

好好的水。不往北流

却往南流

南面是上塘河

还有龙兴寺

流过去干吗

除非今夜的水

归于佛系

心猿意马

迟早会毁了

它的高贵

所见

河的流向不会错

只是散出去的步

不能收回

遮阳伞上的一滴雨

即将落下

但还没落下

HOTEL BANGKOK

Wireless Road

曼谷时间

下午 4 点 21 分

三只夜莺在

一棵绿萝下觅食

两个阿拉伯人和一个俄罗斯人

同时上了出租车

路边烤串

冒着浓浓的烟熏味

挡住了

里面的脸

这滴雨

停留了三秒

迅速落下

被秋风吹伤

当秋风吹起

从那里吹

到这里

秋风

秋风吹在我脸上

凉凉的,吹到

我心里

凉凉的

每一根神经

都被秋风吹满忧伤

走路。看天。吃饭。洗衣。听歌。

想明天。忧伤始终填满我的神经

秋风再

吹起我的头发

我几乎被爱遗弃

在银河的另一端

今天的秋风

注定要

把我和忧伤捆绑

散步（12）

5 2 0

希望不是

一个数字（一个日子）

一个人散哑步

梅堰河的水

泛起暧昧的光

表达出

善意的同情

一捆废柴被丢弃

在岸

这是对河

最佳的体贴

别把潮湿的空气

当做霾，别把雨

当做是乐观的朋友

一个人散步

有什么错

既然心已经清空

所有的雨

只是来圆场

白

一件白色卫衣

挂在衣架上

纯白

原本是

脱离世俗

回到起点的白

比黑

更直接

坚定

神秘

是治愈系里的麦克风

是绝望里闪现的希望

比灵魂更具体

比

乞力马扎罗山上的雪

更白

更安徒生

或是

安室奈美惠

海明威

李白

现在这件白色卫衣

比任何季节

都耀眼

白得让人感到害怕

导致气氛

异常的静

不用再担心

冬天的雪

有没有来过

在那种宁静里

有一个东西在不断蔓延

来自一个白色的

"白"

一件浪漫小事

下雪了

就这样

也不是什么稀奇的事

但也不是不稀奇

毕竟这是冬天里

最浪漫的一点小事

不是大事

但也不能忽略它

给我们这个世界

送来一点东西

多少

让冬天

显得有点意思

下雪啦

就这样吧

冯朗晨说雪可以吃

"有一些雪是可以吃的。"

"谁说的?"

"我的同桌说树上的雪是可以吃的。"

"为什么?"

"因为树上的雪是甜的。"

"他吃过吗?"

"吃过的。"

又立春

春天里

一切的悲观

都是为乐观做铺垫

你说，真美好

我说春天其实是用来消除

一个人的惰性的

可是年

还没有到

你就变成

一副外星人苏醒的模样

站在残雪边缘

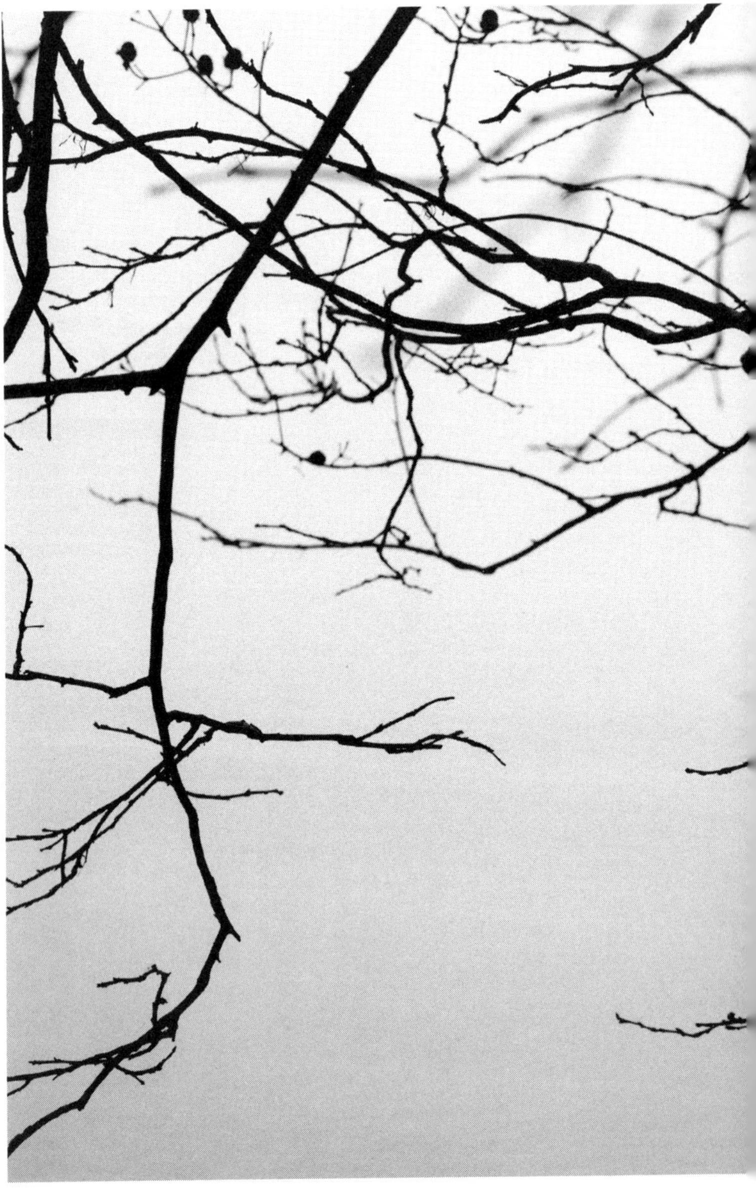

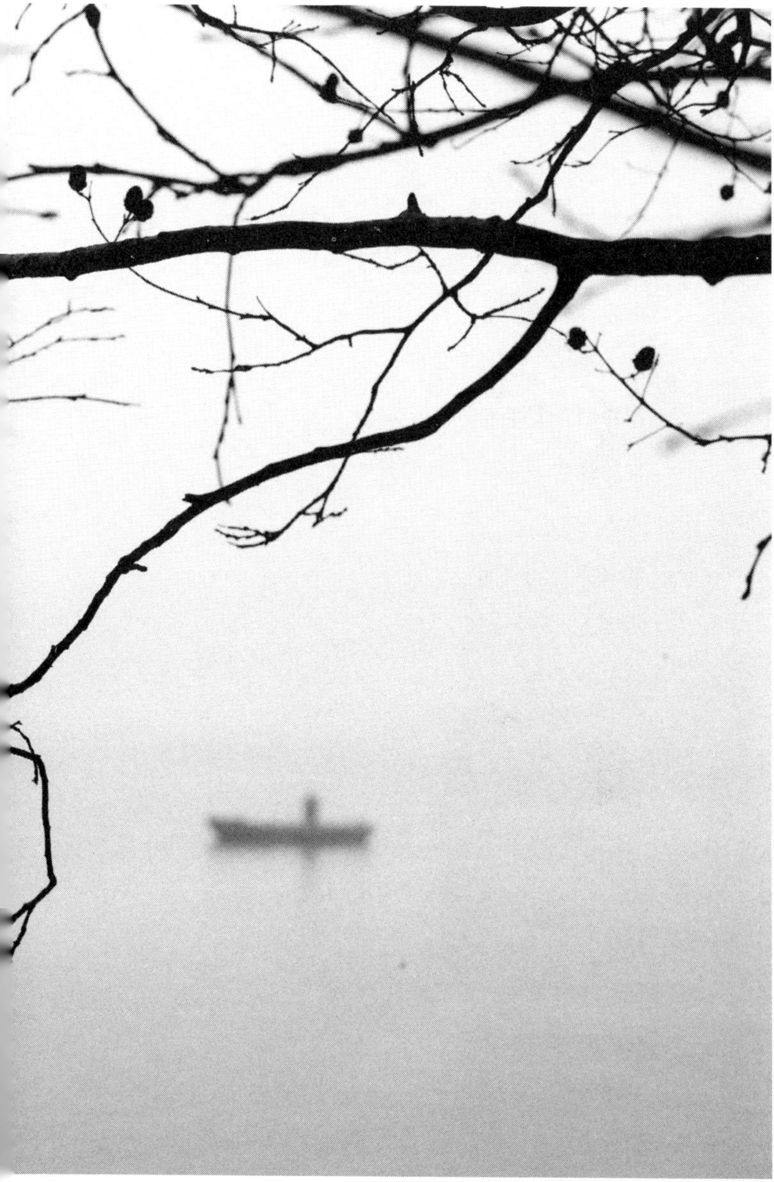

散步（13）

一颗星星

在东南方的天空

散发微弱的光

一个少年

站在阳台上怀念

他的忧伤

今天是

2018年6月3日

历史上

仅有一天

嗨

红灯亮了

空气瞬间乏味

我的眼睛

需要什么来拯救？

她出现在斑马线上

是一双奢侈的腿

缓缓地

前后摆动

空气是静止的

而腿是运动的

她的节拍

打响了灵魂的鼓点

她的肉，用优美的线条

弹奏着

一曲地籁之音

都是凡间之物

在夏天快要收官时

给我这样的热风景

意味着什么

上帝发明男人

教他们

用眼睛去捕捉爱

散步(14)

午睡醒来了

刚才我午睡了吗?

怎么会这么快

午睡时做了个梦

梦见我做爷爷了

怎么会这么快

爸爸还没做多久

就做爷爷了

好像坐了趟磁悬浮

真的好快

愉快的旅途

尽量不要表现出悲伤

最好别醒来

散步（15）

今晚的梅堰路

是一台钢琴

每一步

都能踩出稳重的低音

跟梅堰河的流水声

正好形成

曲高和寡

在一片麦浪中央

弹钢琴

视线模糊

上证综指瞬间滑落

1809合约闪崩

那承载着我过期的梦

嗨嗨嗨

一定是今天忘了洗头

才被霉运扼杀

梅堰河却在灯光下

平静得可怕

好事还是坏事

挤了点洗面奶

抹在手心

用力揉搓

泡沫丰富

但毫无快感

就像不断牺牲的日子

原来用力挤

也挤不出多余的天数

太阳还会在明天

照亮同一扇窗

而我们在明天就找不到

同一个人

所以,泡沫不断产生

然后破灭,在这个过程中

我们的脸

越来越年轻

只有写诗

能让人痛快
脱光了衣裤走进淋浴房
夏天没再那么可恶
它很亲切
尤其是当水
友好地落在脸上
头微微仰起的时候
有种到此为止的感觉

水友好地滑过我背部
古时有个故事叫
"二桃杀三士"
放在今天
人们就觉得傻
在夏天无缘无故地
想起这个故事
是不是水滑过了腿毛
有个僧人说过
"不要过于留恋这个尘世"
听得让人平静
我想只有生病了

才会觉得这很合理

但现在不会

因为水滑过我的脚底板

相当友好

七月的热已经有目共睹

八月

会不会更热

股市会不会更冷?

站在屋檐下看天

天上没有洞

只有几朵

过期的

云

它们让我的白色T恤

更白了

偏光墨镜更清晰

我当然看到

远处水池里

一枚一元的硬币

在水底一闪

再一闪

朝我抛媚眼

可我已经没了兴趣

放手一搏

想起我的无名指

曾一次套过两只戒指

古名和银时代

在结婚喜宴上

理直气壮

用来与人干杯

越往后

人越来越低调

低调得像一张纸巾

已经没资格

提起龙

走进阳光里

彻底没了表演天赋

看云

今天的天空

不是很空

一群灰色的云

缓缓向西移动,只要抬头

总能看到

各式各样的云往西涌动

就屋顶没动

好像被佛的力量罩住

一只平安雀飞过

除了下雨

天空一直没空过

散步（16）

沿着墙壁走了 100 米

之后，沿着河流

走了 300 米

夜晚

仍是一个人的夜晚

情况有点单薄

听见有飞机飞过头顶

不仅仅　是往事

外星人攻打地球

外星人长得

比猫大

比老虎小

类似于猫科动物

它们攻打地球

只需要

三秒

所有的人都石化

除非你能

写一首诗赎回

不然,连灵魂也保不住

永世不得投胎

外星人很有原则

散步（17）

在梧桐树下走一圈

旁边是一条河

河水流动，有鱼

在水面乘凉

走完这条路

就跟鱼告别

月亮圆在水面

生命的奇迹

就在那里

散步（18）

蓝色的夜幕下

梅堰河匀速流动

将我的旧运

缓缓往南送

新运

跟水搅浑在一起

产生了

粼粼的光点

一直

要让

自己

醒着

看星星

六月的星空

布满

shining smiles

一二不过三

OK

再也不要

做一个过气的傻蛋

见习道

我开在转弯道
那个穿花格子衬衫的男人
开着玛莎拉蒂
在不开转向灯的前提下
从直行道
紧贴我的车头
插入我前面的转弯道
这感觉就像有一只苍蝇
停在了我的鼻梁上
我重重按下喇叭
它却来了个急刹
要命的是
他还摇下了车窗
伸出一根中指
这就等于允许一只苍蝇
在你的眉毛上小便
我差点想直轰油门撞上去
我忍住了
没必要为一只苍蝇
而搞出伤疤
我看着它的车牌号

就想起了高中时曾

射飞一个点球

无力挽救

天空一片空白

接 Lance

双臂扣住我的腰

小脸贴住我的背,稳稳地坐在

后座的他,叫我老爸

每次从迪迪龙

接他回家,就像接一个梦

慢慢的都是被需要的喜悦

一个父亲

成功就成功

在路上,没有一条路

比一条父亲的路

充满想象

我回转制动手柄

放弃加速

只为有更长更远的童年

DL

所有的树

在没有

被唤醒之前

是不会发出赞美的歌声的

要么你先发声

并能震落

玄真叶

散步（19）

今天星期二

梅堰河也二

静止了

不流了

明摆着

一个空城计

等我散步过去时

有一个长腿女人

突然来一个急转身

动作太二

原因很简单

天气过热

从行为分析学上说

容易出怪招

路上都是一些

错乱的影子

散步的人

行色匆匆

密密麻麻

河水又是静止的

一克雨 A

雨点的轻

河的重

在雨落下的那一刻

就已成为

一段漂浮的记忆

标准版好男子

想从新关系中挣脱

那些旧关系

旧关系实在牢不可破

一样要恭喜你

成为一个

既重情义

又不窝囊的好男子

生活需要变数

安分

就是给自己套扣扣

散步（20）

初八开始都是雨

初八的雨。下得很猥琐

只是比雾大，呈粉末状

不叫雨叫雨沫

开车从临东路转东湖南路

每个路口恰好是绿灯

等于上帝在为你打开一扇

一扇的门

你只要负责往前冲

你是你生活的主角

（电影中唯一的观众是上帝，你是主角）

电影里都是这么放的

今天是初八，东湖路不堵

自南而北，熟悉的街道不变

会变的是人和天气

每个人行横道都要停顿一下

尊重一下行人

因为上帝是观众

请注意你的言行代表着你的品位

当你手持咖啡时

有没有考虑过这点

从东湖南路到东湖中路

红灯亮了三次

我的耐心

被爱唤醒三次

散步(21)

下了两场雨,下完之后

梅堰河的流速

是 A+

(就是所有的烦恼都能被它带走)

黑暗中,它默默流动着

鱼们摇着头

享受着

非曲线运动

带来的放逐

尽管

没了烦恼

但还是不断叹气

对经济

不是对人生

可是人生要继续温柔

要会坐在船上

顺水而去

光秃秃

一路向东飞驰

冷是冬天最好的色系

树和树。草和草

鸟和冰,人和雪。

终于找回流离颠沛的感觉。

于冬末春初,年代不可知(2月14日)

一路向东

山做陪,路做影

声做风,置身于事外

世界很值得

山上的树,毕恭毕敬

无惧严寒的是车厢

这一趟,光秃秃

少得真好

长白山的雪

只落在长白山上

一下车

也能落在他睫毛上

不会融化

白色的睫毛

遮住他黑色的眼眸

为了上山

他交出

全部的天真

以为这是

福如东海水长流

其实是幻觉

要不然呢

雪就落在她的睫毛上

她不哭，是雪哭了

顺着泪流

出现两行雪痕

"哼哼哼"

她把爱和恨

终止在雪里

（什么从此山水不相逢）

（什么不问旧人长与短）

长白山的雪是

真雪

那雪

既细又密

有一种巨大的荣幸

罩住我们

每一阵风刮来

都是来收割我们的灵魂

愈合感

穿上袜子

切开一个橙子

把黑色的T恤扔到地上

掀开床单，取出眼镜

看一朵百合花开

喝一口水

给流感菌

咳两声，腹部微痛

戴上口罩出门

去吃面

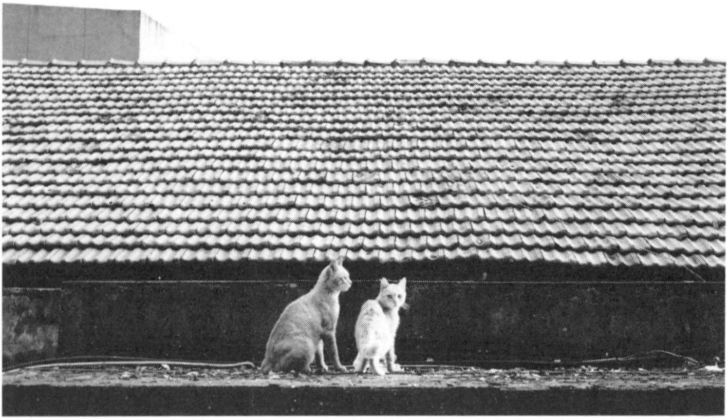

散步（22）

今晚的月亮

像骷髅一样

挂在天顶

我在骷髅下行走

沿着树木河流

穿越两个桥洞

两次回忆

每当快乐

要想抬起头

就一次次被

白色的荧光灯

撂倒在河底

告诉夕阳，这就是平安诗

如果拥有

拥有

是失去的开始

我打开失去

却得到你

在那个最隐秘的出口
重复不乏味的甜

过年

从我的眼睛里
看出去
外面没有沙漠和炊烟
也没有海水和地平线,那么
我为什么还在这里呢
凯文·科斯特纳?

散步（23）

刚脱了裤子
正要爬进浴缸
电话响了，11点31分
看来我又得穿回裤子
再去接你，因为你的高筒皮靴
和适量的酒需要一点参照
我出门就顺手
提了双球鞋，雾很浓，霾也大
大过年的，半夜的车辆少了
路边听到水流的声音又不见水的影子
是在给新年鼓掌，可我没有麦克风
我左手是鞋，右手是口袋
我没有放歌
哒哒哒哒
就这样走在香樟树边

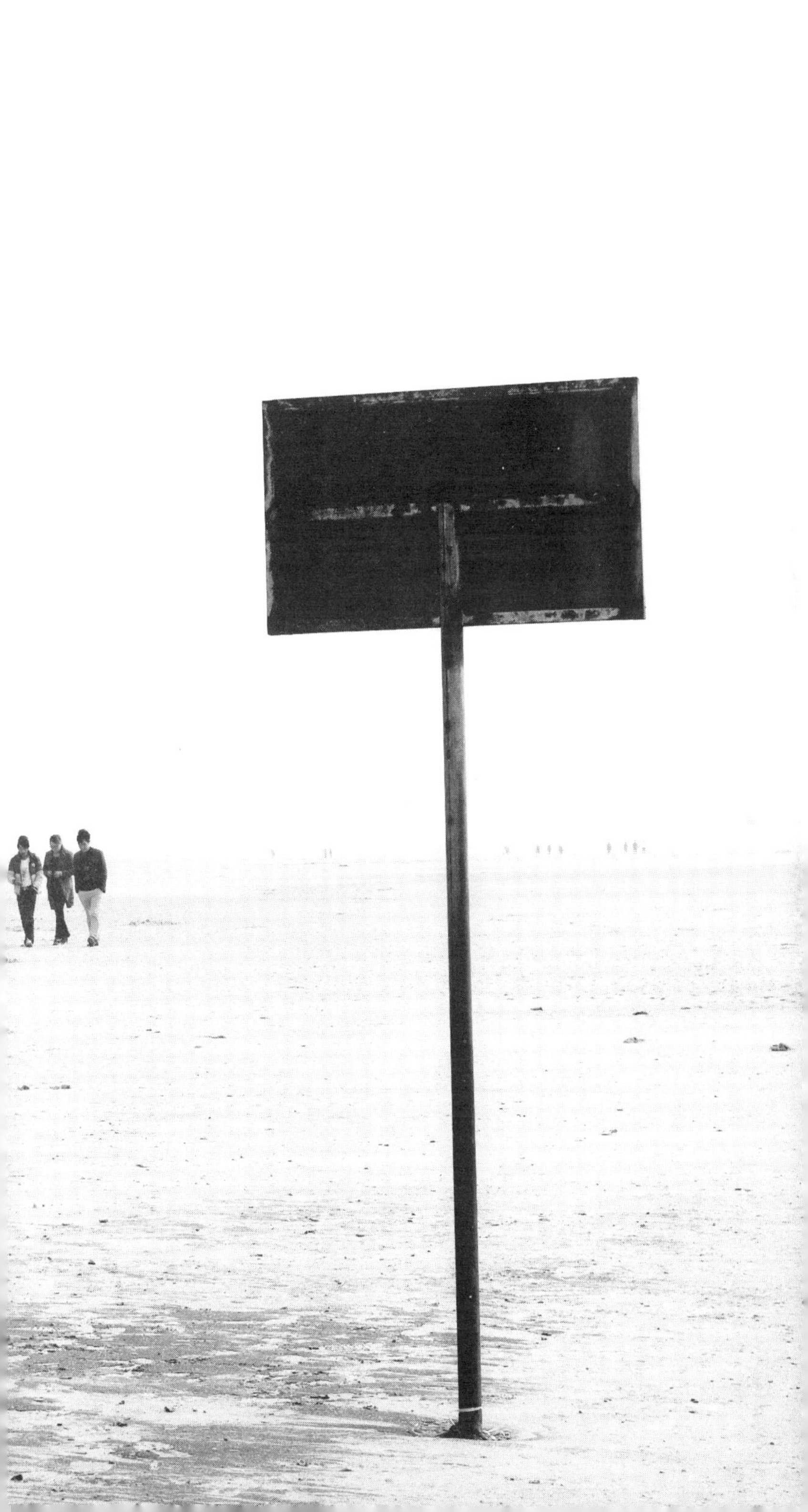

散步（24）

梅堰河干了
干得很彻底
信心满满的河水
已然是误会
我感觉今天的散步
也可能是一场误会
所有的路灯
明显在
加重这种可能
散步
那是未来的事

听雪

从楼上往下看
下面是雪
从楼下往上看
上面是雪
走回房间一听

什么也没有

哪来的雪？

等等!

闭上

眼睛

听

雪正从

暧昧的云里抖落

发出一个

两个三个四个……

尖叫

海明威和徐渭

海明威是个不错的家伙

他经历过40种

酷呆的人生

现在他在坟里还能

享受剩余的福利

延展他的梦

徐渭了得

他能把画

用一张张灵魂纸牌

串起来

形成

自己的风格

而风格却能渗出纸外

这就是他

活到现在的原因

散步（25）

沿着梅堰河

往南

河水浅到露了底

阳光断断续续

打在河面

配合着

我的脚步

但落叶已经

形成趋势

暖

一个象征性名词

掉在

离我

五米远的冬天

我把手指

放进了口袋

认真地

保存好

午后的深情

巴黎没有乡村音乐节

我从来没去过

巴黎

也没有想象过

那里的样子

我相信那里的女人

会敞开胸上街

那里的男人

都穿着油光闪闪的皮鞋

那座城市的语言

就是一条

凝固的河

谁都可以在上面释放荷尔蒙和流火

偶尔明白起

一个中年人,为什么会

讨厌巴黎

游湘湖

"哎,我老了很多哎。"

"少废话,我不是么?"

那天我们开车去湘湖

我们开过了太多的红绿灯

转了太多的弯

才抵达了湘湖

湘湖就在脚下，我停下来慢慢观看

"这就是湘湖？怎么这么小？"

"是的，山的那边还有。"

一个陌生人回答我

我就拍了两张照片

把柳树、远山、天空也拍了进去

这样就表示

湘湖已经藏在了我的手机里

我可以安心地

把她放进口袋里了

不懂描述

那辆白色车子

在停靠时

拐了个弯后又

拐了个弯

重新回到原点

然后又傻傻开了段路

一副犹豫不决的样子

大概是

秋天惹的祸

秋天使人发困

受一点风

就容易放弃世界

意思是

没有夏天那么灵光

这个时候不论在何处

身上总会散发出一点

唯唯诺诺

还可能

不止这些

散步(26)

梅堰河

河水的动人之处

在于它的色差

随天气的变动

而变动

晴时绿。雨时黄。

不晴不雨就和田玉

三个人

一个坐在手推车里

叼着奶嘴

顺河而下

幸福的人常常相似

风吹过

整棵柳树

拨开一个休止符

你的笑

是一支镇静剂

让那些无厘头的晚风

化作小丑

每一秒

每一秒都由开始和结尾组成

所有的树看上去

一动不动

每一秒都有一个不同的宇宙质变发生

所有感情丰富的人类

都无动于衷

外婆家的后院

小时候

外婆家后院有两棵树

一棵是桃树

另一棵是梨树

春天来到的时候

桃树开出桃花

梨树开出梨花

一棵粉色,一棵白色

都是灿烂的颜色

每次在那玩耍

我总要多看几眼

一棵粉色，一棵白色

哪一棵更好看呢

我总是比不出高下

所以就默认

它们是并列第一

夏天到来

所有的花主动消失

云朵覆盖住后院

我和我的表弟

就蹲在外婆家的门槛上

开始期待

知了的叫声

这正好是

桃子碧绿

梨子碧绿的时间

一万只苍蝇盘旋在我的私密空间

闭上眼睛

一万只苍蝇盘旋在我的私密空间

四周是

一片无垠的白色

我打开脚步

月亮的眼睛害羞了一下

我盘地而坐

时间就静止在

二〇一四年十一月十三日清晨

我的每个念头都在雨里开花

我的每次回眸

都在阳光里贬值

一万只苍蝇低声唱道：

缘分缘分不停留

这好像不是第一次了

其中有一只飞过我头顶

显得格外孤单

我不难过

没有东西可以

匹配

它的孤独

又有一只停在我眼前说

世界即将碎裂

数据量庞大

请准备好口罩和服务器

还有一只扇动着翅膀
清唱一支摇滚歌曲
主题是
 一个过河的青年
明白了流水的原理
好奇特的忧伤

在一片无垠的白色里
一万只苍蝇
把我围成
一只牛头怪
将军和梅花鹿……

散步（27）

暴雨之后
梅堰河
上上下下
都是
混
浊
的
水
滚滚
向南流
岸边的人
清清楚楚地
站在原地不动
不像在钓鱼却比钓鱼
来得认真，气压低得月亮都模糊
我拿出手机，滑动音乐，塞进耳麦
让自己沉醉在散步的短暂性失忆里
一些美丽的风冲着我的脸吻来吻去
舒服是舒服就是没有爱情等价物
一切都是空

还不如那条

滚滚的梅堰河

来得充实

古典式

1月4号

没有时间

比这天更值得

写点诗

去吹个头

点一杯

晨练咖啡，继续

等阳光

接轨时代，再

穿透玻璃

抵达鞋带上的蝴蝶结

背景传来

90年代的慢摇

加

2014年的流行曲风

混制成一串泡沫

犒赏耳膜

不是没有故事

可讲，仅仅是不想煽动

自己的情绪

每一个平淡的男人

都是这副德行

对了，今天

是我的生日

那么过完今天

我永恒的记忆

又将

增重一克

这过程如同

蜻蜓点水

出门

走上山顶

又走下山坡

没有风声

远远的

只剩

骄傲的脚步声

若干年以后

山外仍然

会有阳光

凝视着

谜一般的世界

散步(28)

下了点细雨

梅堰河就变成了美颜河

充满着画意

雨丝密密麻麻

涂在河面

它的流动

更加有

舍我其谁的沉稳

所有的绿植

尤其是柳条

都是来点缀的

漫步在雨中

没有伞

凉凉的雨

静静地下

散步（29）

在梅堰河边

绝对

不是我一个人走

还有虫子

树叶

知了

月亮

以及妈妈的哄话

陪着走

七月

最炎热的夜

一个人散儿步

就能立地成佛

或是哭几次

才明白

眼泪的价值

明明就

闷得慌

散步其实

就是一只蜘蛛

在网上

跳来跳去

六一节

六一节

孩子们都出来了

满大街都是

一片片一群群

五颜六色的孩子

反正我们不急。此刻他们

正吃着奶油巧克力甜筒和草莓冰激凌

在麦当劳里享受他们的那份

珍贵节日

嘟嘟城和烂苹果乐园你们早已去过

再去就不新鲜了

临平山的那几个小车

坐得屁股都痛了

还有什么玩具让你们心动

小乖乖们?

对比我的童年

五分钱一根的冰棍

能让我的嘴甜一个下午

我仰望你们的童年

应有尽有

从小型到大型玩具

从荷兰牛奶到热带鱼

从步步高到 IPAD

我的童年只属于田园

而你们囊括了现实和虚拟

这个六一，阳光照着

街上的每个孩子透过玻璃

我无法克隆时间

上周六

在

河坊街的入口

我们进入 DQ 冰淇淋店

点了中杯的抹茶红豆（我无所谓）

和草莓巧克力（你喜欢的）

一边望着窗外混乱的路人

一边享受甜美滋味

你才8岁

第一次这么直接

感受这世界——

一个庞大的梦

因为在陌生多的地方

喜悦尤为重要

世界分分钟

变幻莫测，而你

还不够饱满

去接受

它的容量

还必须利用

喜悦

这根触角

我们都是小人

我们目前

只需要保持甜美、奇特

这两种滋味

散步（30）

柳树

把枝条

垂在河面上

它跟水的距离

就是我和你的距离

都属于自然规律的范畴

梅堰河

只顾着自己流

不管路人是你

还是我

只不过

只不过

今天我特别想请你吃饭

就像昨天

我特别想洗洗你身上的衣服一样

我突然想为你做

很多很多的事

做这个,做那个

好开心

爱的本质就是这样

我发现和你在一起时

我没有爱

不和你在一起时

我有许多爱

这太奇怪了

有点回光返照的意思

亲爱的,每个人都是独特的

你那么独特

全世界也就一个

如果我再不好好去

品味

你就老了

就被埋没了

这是世界的损失

更是我的损失

世上的人够可怜了

可怜的是

可怜的人只能由可怜的人

去疼爱

不能时时刻刻地守护你
因为你我
都有忘我的时候
我不是必须的
世界上有千千万万的我
没有哪个我比哪个我更重要
就像我喜欢你的裙子
你喜欢我的衬衫
都是相互的

前天早晨
你为我做了一碗
葱油拌面
我吃了一口
就暗暗赞赏你的手艺
我没有说
不能说我时时刻刻都幸福
但能说我是那一刻的幸福
平常的一碗面
也能显现神奇的东西
你把手放在锅里洗刷的时候

我看到有一缕阳光

穿过你两鬓

垂下来的

发丝

我说,亲爱的

值得为之奋斗的东西有很多

但也不是

必须的

散步（31）

用一条金项链

锁住脖子

穿一双绿皮鞋

走在梅堰桥的那个

土豪男，低头往河里

张望，他看到什么

不知道

我明白梅堰河

满到了

三分之二处

笨重地往北流去

两个光头中年

又在垂钓

不分日夜地守在河边

红橙黄绿蓝紫

一闪一闪

吞吐着

鱼竿上的细线

以及不可捉摸的鱼

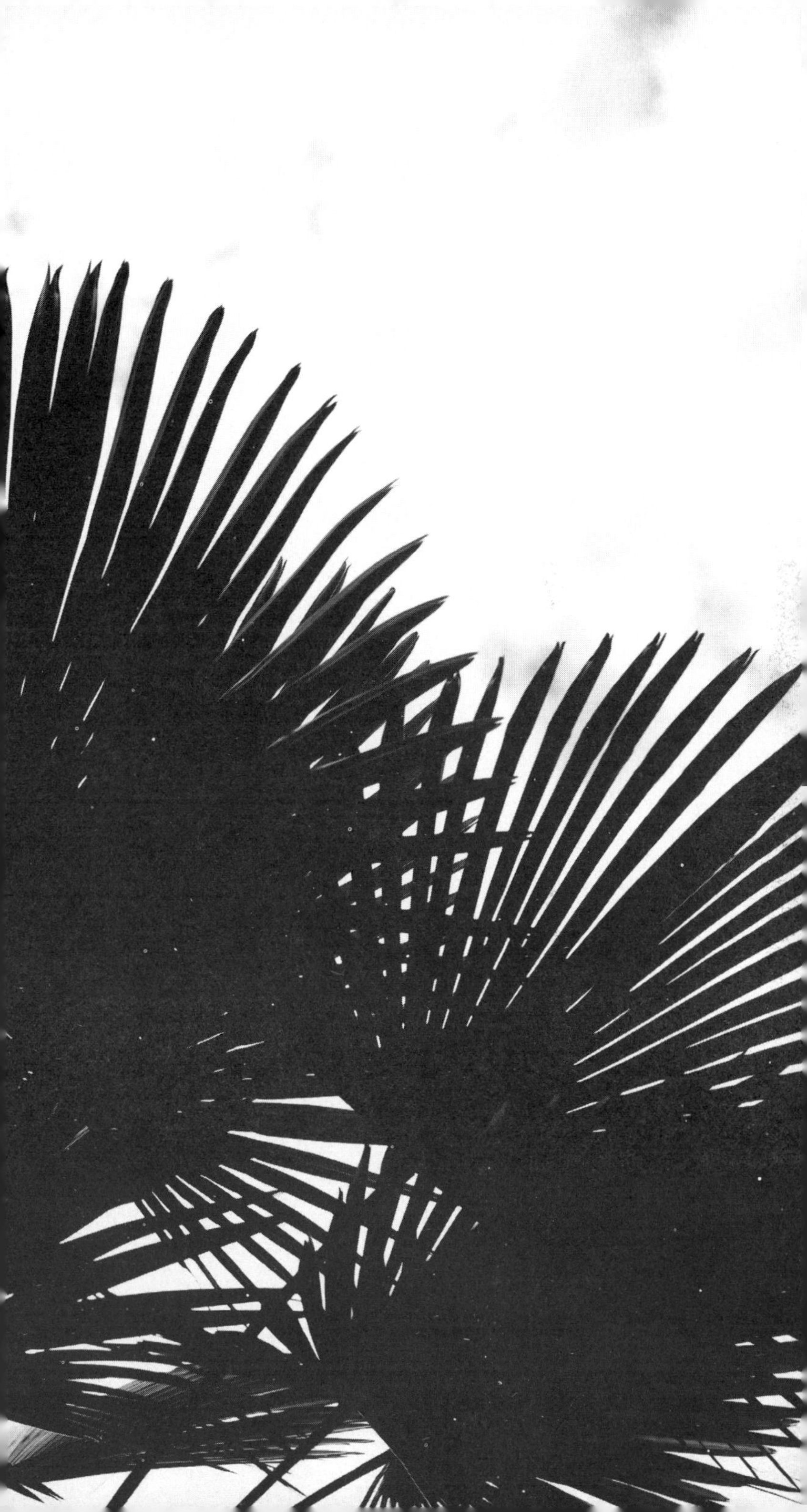

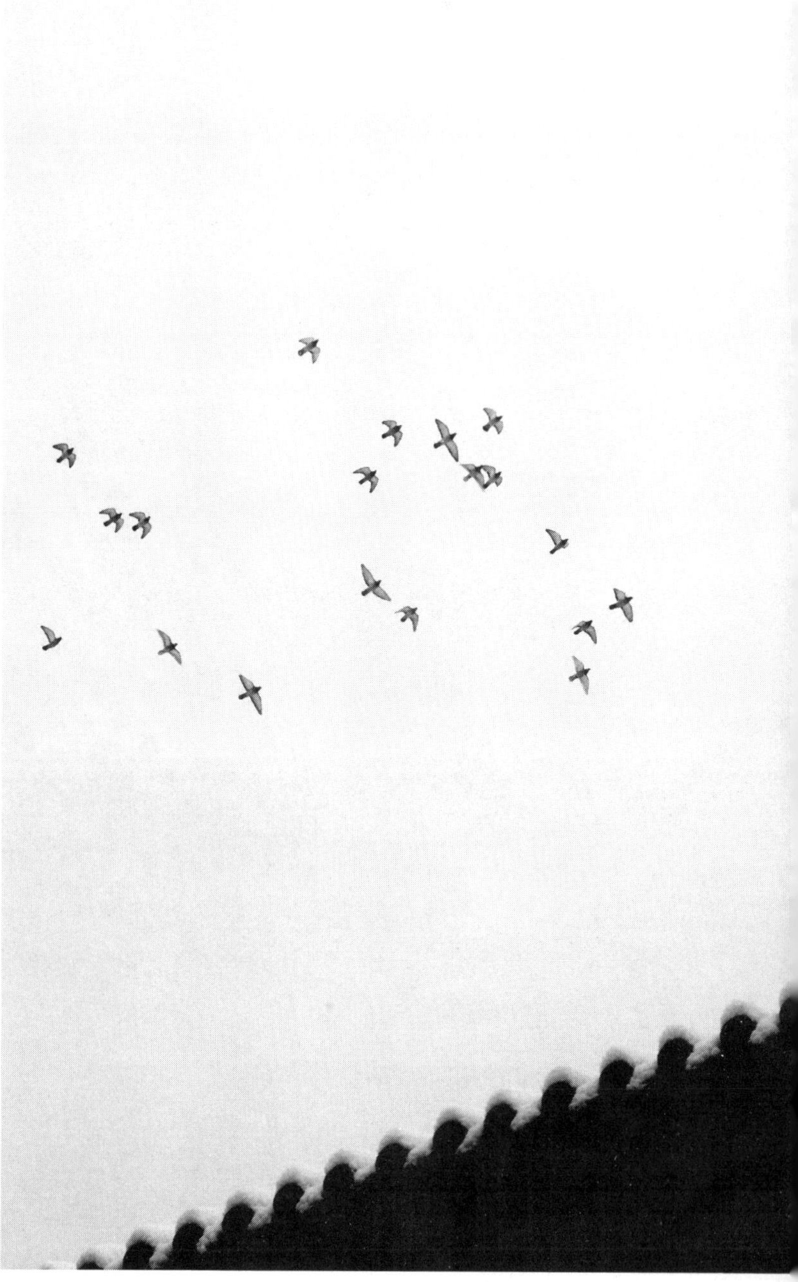

这就已经足够

她轻轻经过

那堵墙

空旷的裙子上

绣着几枚小小的橄榄

这就已经足够

从侧面看

蓬松的头发下面还有

一只笔挺又高贵的鼻子

这就已经足够

散步（32）

好像这里的鱼

永远钓不完

好像这条河

迟早会属于他

好像鱼竿在手中

就有无限的

安全感，好像水的源源不断

总会得到共鸣

手边的蓝灯射向

水面，突显了

夜的愚昧

废诗

风到耳边我能感到它的温度

但是阳光泻在脸上我就分不清方向

那就顺其自然，每做一个决定就不要回头

相信你的决定都是对的，这是前提

一斤龙眼

打开灯会看见

一只白色的塑料袋摆在桌上

里面是一斤龙眼

只只滚圆饱满

凭什么

龙眼只是水果

不是真龙眼

真的龙眼没人见过

世上也少见

我剥开一只龙眼

放进嘴里

那味道

只能叫龙眼的味道

散步（33）

夏末的梅堰路

少有年轻人

都是些大妈大伯

挥舞着双臂

个个比年轻人活跃

偶然飘来一阵香水味

也是路过的豪车不慎泄漏的

这样的一条梅堰路

它两边的树

比我的年纪的两倍都大

梅堰河的水

缺氧般流动着

急需双倍的呵护

今天是开学日

Sam 和 Lance

还有各种

少男少女都被学校收走

于是灯越亮

越显示出

路的凉

没时间说谎

我理性地看一眼窗

又感性地喝口水

反过来说就是

我感性地看一眼窗

又理性地喝口水

这都不成问题

感性是兔子,理性是狮子

我把门轻轻关上

你就是我的兔子

我把门打开

你就是我的狮子

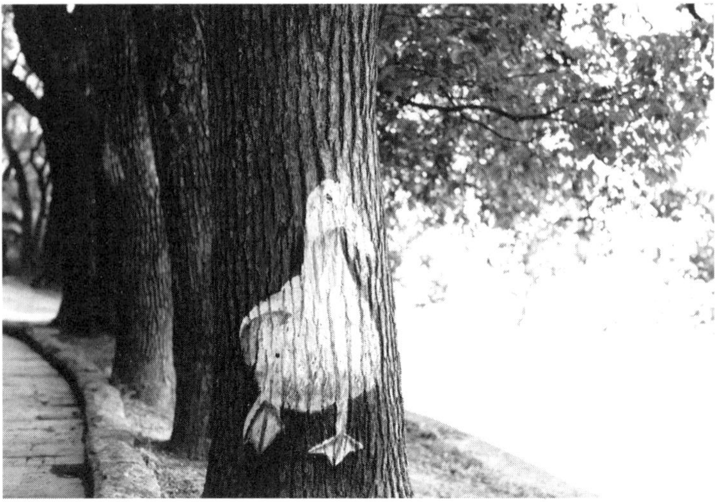

散步（34）

梅堰河只是一条

小小的河

依着梅堰路

河水又那么逗

你抓不住它的本质

昨天的水流到了前天

今天的水流到了明天

每一刻的水

只保留在那一刻

过后就不是

那一刻

的水

这让路过的人

显得迟钝

礼物

他病了

是冠心病，只能

烟不抽

酒不喝

抛下这些嗜好

他只剩下

安静

那天中午

看着他躺在手术台上的眼睛

是空洞

好像他

并没有眼睛

我不好去说他

对于一个病了的人

必须给他预留足够的空间来消除

负面因素

他是我父亲

是我童年里没有

记忆色彩的角色

当然,他现在

躺在床上

我只能安静

看着药水从吊瓶中

自然坠落，无声无息

从过去到现在

事物

一片空白

除了一次

我从他的自行车上跌落

右臂脱臼，我7岁

一整夜

我唯一记住的

是妈妈的眼泪

那最暖人心的液体

把我记忆中的疼痛

逐渐稀释

他穿着病服下楼梯

去河边吹吹凉风

我们像一家人那样陪着他

我们都安静，他

也很安静，边笑边看路边的河水

这是一种释怀的笑容？

他好像在看过去

不知道

有没有看明白

出院的收获

就是一大堆药

接下来的每天,与药为伴

我看到有 10 来种之多

要搞清楚那些

得费点脑子

现在,他只能乖乖地服下

散步（35）

河水的本能是流动

人的本能是恋世

而那个干净的短发少女

没有继续站在树下

等她的萨摩

可能是月亮

树根上插着几支香

现在已经灭了

而星星亮着

河水到底有多深

散步（36）

失去了雨也就失去了河

犯不着，但反过来

河水却能继续拥有你

河水是热的

你是冷的

河水不分昼夜，只有一个姿势

——躺着流动

而你却要用多种姿势

来应对，比如甩甩手

看看天，听听歌

也就有一种

无可匹敌的劣势

散步（37）

桥头的东面是

三片梧桐叶

躺在水面

西面是咖啡色的河水

（治愈系里的真水）

对准我眼睛

滚滚而来

夜晚的云也能看到

一点白，往北

手臂上文着

一条虫的黑T男

背着受伤的女友

匆匆走上桥

这种伤

痛苦也羡人

南面是一张屏幕

播放着一个弹吉他的女人

摆弄着指尖的弦

我就站在桥中间

不散步。等雨。

散步(38)

摇摇晃晃地走去梅堰河

它每天会

用很多气泡

吐出真言

而我的真言

已在此诗中

应该写下这首诗

不然怎么对得起

当晚的梅堰河

散步（39）

三天雨两天晴

梅堰河一直涨涨涨

直到碰到柳枝为止

一定是

寂寞过了头

才把它当做"不求人"

从夏天到秋天

树叶开始衰败

人不断叹气

没关系

反正一生也不是很长

能够钟情于河水的时光

数也数得清

因此，与河水的沟通

越来越珍贵

散步（40）

一个月的雨量

在一夜之间

下完了

梅堰河一夜爆满

这让我想起了一个肥仔

——地狱男爵

大块头

也有大速度

标志性动作——

用自己头上的残角

点亮雪茄

蓝色烟雾

升腾

盖住他

火红的脸

话不多，少

拳头硬

梅堰河现在正在流

就是那个肥仔

挪了挪屁股

散步（41）

远远传来的是

河水的体香

再虚掷几个夜晚

就值得被收藏了

看见时

餐鲦鱼一批批地

在水里

快活地流浪

钓鱼者不为所动

由它们去

冷暖自知

他把腿自然地

晾在铁杆上

像看一部

文艺片那样

看着河

散步（42）

午时四点十九分

河水流得很顺

有什么牵引着它的流向

缓缓追求

它的自由

一个老头站在岸边

节奏大师

抖着腿

吐着气

两个牛仔短裤女

走过去

拍了张照

在温润的空气里

河水澹澹

其心濯濯

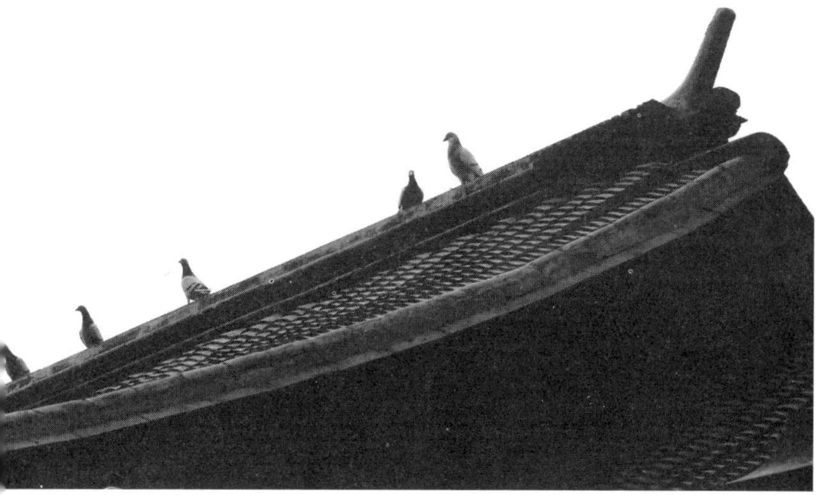

散步(43)

散到第四十三步

没有一步

离开过梅堰河

在河面上刷了刷脸

认证失败

河水的流动

更加明显

我知道某个地方

可以存放今晚的月亮

哪怕

一亿个月亮

也能藏得若无其事

最多冒几个泡

散步（44）

在两棵樟树之间

有一盏白灯

通过河面反射过来

让你的眼睛

躲不掉

比维密时尚秀

吸人眼球

河水颤动

唯唯诺诺

每一个光点

是一个鲜明的感叹

还是一次背叛

只有河底的蚂蟥知道

我加快脚步

想甩掉秋天的悲观

可它还是

死死霸占整条河

散步（45）

其实很简单
只要我一放手
手机就扑通一声
掉进梅堰河
傻乎乎，怎么会这么想
河水那么快
往哪去找这半条命
没有手机真
就不知道一天该怎么活
好比没有梅堰河
梅堰路就是条死路

散步（46）

坐在梅堰河边的木椅上

欣赏着

梅堰河上一盏灯

正准备起身时

两条腿说不好

并以二郎腿的形式

挟持我，算了

夜里的空气太悲凉

梅堰河的水仍温热

还是一副夏天的模样

抬头看见

一个个鸟巢空空如也

一群流星

也从来就没有名字

无缘无故地在你眼前

一闪而过

好像是你的过错一样

散步（47）

两个男人

牵着同一条狗

过梅堰路

没人感到不妥

可梅堰河的水倒流

肯定是哪里出了差错

可能是左眼瞳孔长出一颗痣

每次看月亮

看到的是月蚀

看流水

像看一大堆的梦

每看一树都是

一副久别重逢的样子

被月色阻断的过去

又焕然一新了

踩到的每片落叶

都是一记清脆

响亮的巴掌

回敬着你的秋风

有点尴尬

过桥的时候

我把手退出口袋

又不是一个导演

散步(48)

我冷了

当我说完这句后

我真的冷了

怪不得叫寒露

走到桥边

点开音乐

手机突然跳了出去

我急忙用手

乱七八糟地

抓过去

也没抓住

于是"啪嗒"一声

在地上滑出一米远

我迅速拾起它

还好屏幕没碎

插上耳机

声音还有

算是梅堰河保佑

今晚

是真的有些冷

散步（49）

一个女人

哒哒哒哒

从房子里跑出来

跑到樟树下

往树根上

倒了

一桶黄姜水

又一个轻盈的转身

裙角飞起

哒哒哒哒

跑回了房子里去

还有什么比

这种人间哑剧（不要暖场费）

更能驱散

一夜入冬的冷

散步（50）

无论天气多么冷

梅堰河始终

轰轰烈烈地流着

里面的小鱼

逆水乱穿

奔放极了

哪像我啊

散着老年步

活得像只缩头乌龟

被秋天打败的人

心往往漂浮在水面

随时可以被捞起来

放进垃圾桶

散步（51）

还是那条淡淡的河

还是那句老话

还是月光下的那两个人

还是那种忽明忽暗的光线

还有那片

空了心也无怨无悔的云海

还有那种烟到嘴里不去点的姿态

还有那只见了我就往我腿边蹭的猫

还有那群自然下垂还充满吸引力的柳枝

最重要的是

还有那条流了一个月也不见水位下降的梅堰河

陪着我散完今天的步

散步（52）

今晚的月亮

被刀削去了一半

剩下那半个

暧昧地凝视着梅堰河

还有河边的车人狗……

梅堰河在桂花的香气里暗自流

在黄黄绿绿紫紫的灯光下旋流

在蝴蝶的翅膀上

蜻蜓的眼睛里

轻流

在猫的尾巴下逆流

在深蓝的夜幕和动听的笑声里哀流

在达尔文的进化论里空流

在他还是我

难以启齿的嘴边默流

在我脚下风流

散步(53)

一只加菲猫躺在引擎盖上

身体弯成一把慵懒的弓

眼睛眯成两条邪恶的线

看见我

把头抬了抬

又放回引擎盖上

我只不过是停了个车

怎么可能成为你的假想之敌

夜雨还在

一粒一粒地下

去打扰一只在雨里做梦的猫

难度大于

摧毁这首诗

我还有远方

在雨里,而不是车库里

散步（54）

十月也快见底了

梅堰河始终不见底

它的底在哪里

不知道

下过雨之后更难判断

山不见山

水就流得更长

迎面飘来一股鱼腥味

这让我稳重的脚步

也逐渐轻浮

一只小狗

叼着一支玫瑰

追着另一只狗

散步（55）

秋风掠过我黑色的棉质T恤

皮肤经受了点摩擦

产生了奇怪的舒适感

像刚拖完地

就把整个拖把按进清水

黑色的污泥

缓缓渗开去一样美妙

但现在弯腰的那个人

不是我

而是一个穿拖鞋的老男人

正在梅堰河

洗拖把

滚动型的前进

滚动型的收回

只留一个背影

就把今晚的戏

演得这么真

散步（56）

坦率地说

梅堰河是真自由

不知道要流往何处

就已经

在流了

没有终点

没有一丁点的被动

任何犹豫

停顿和阻滞

我却要等下了班

两条腿才能自由一点

这样的自由

在梅堰河面前

显得好渺小

散步（57）

梅堰河的水

一些是无情

一些是多情

但大部分是中性的

也就在无情和多情之间

随意转化

无情和多情

这两种液体

混合、交融、沉淀

生成稳定的梅堰河

而我的心上

有一座独木桥

性情世界和无情世界的通道

在那里

你可恨可爱可取关

但不可以践踏

我们的

唯一资产

散步(58)

比起湄公河和亚马孙河

梅堰河只能算玄孙

没有还价的余地

它就是那么小

但我的喜欢

长期封在涨停板

没有打开

谁叫它

是我散步时的橙子和香蕉

而湄公河

在我在

泰国时也没来得及去

亚马孙河

几乎远得我难以想象

去还是不去

散步(59)

又看见那盏蓝灯

锁定了

水面的浮标

——定河神针

整条河里的主角

鱼是不知道的

它只对饵没有抵抗力

轻轻触碰一下,又用鳍闪开

然后感受一下香气

是馅饼还是陷阱

它掂量着

比谁的耐力强

才能挺住

直到最后的胜利

吃亏的是

只有七秒的记忆

怎么比得过人的手

被秋风吹走的记忆

怎么重拾

都是罪

散步（60）

今晚下大雨

散步只能凭想象

雨没错

雨总是对

对得很深刻

雨拍打

树叶和玻璃

中音部分

百听不腻

也

百感交集

谢谢雨

让梅堰河哗哗哗

重复

成为

稳定性播放

雨不散

声不停

十根指头的温柔

被它独占

我没试过

在暴雨中散步

但狂奔过

毫无悬念

听觉与视觉

被雨牢牢包围

无处可逃

散步（61）

立冬。要收敛一些

梅堰河里的水

流得没脾气

坚果已落地

树叶还坚挺着

挺得很过瘾?

鲤鱼要翻身为龙

要死十八次

人要成佛

只需立地

神奇的理论

骗过了谁

一只蜘蛛

也在不断修行

如果有所不甘

请看看梅堰河里的水

散步（62）

握着两克记忆

两个疑问

穿过了那个黑色的桥洞

记忆显出的骨感

要尽快温暖

疑问就不用太圆满

社会的人都懂

对手只有自己

梅堰河流出很多故事

从一个桥洞

到另一个桥洞

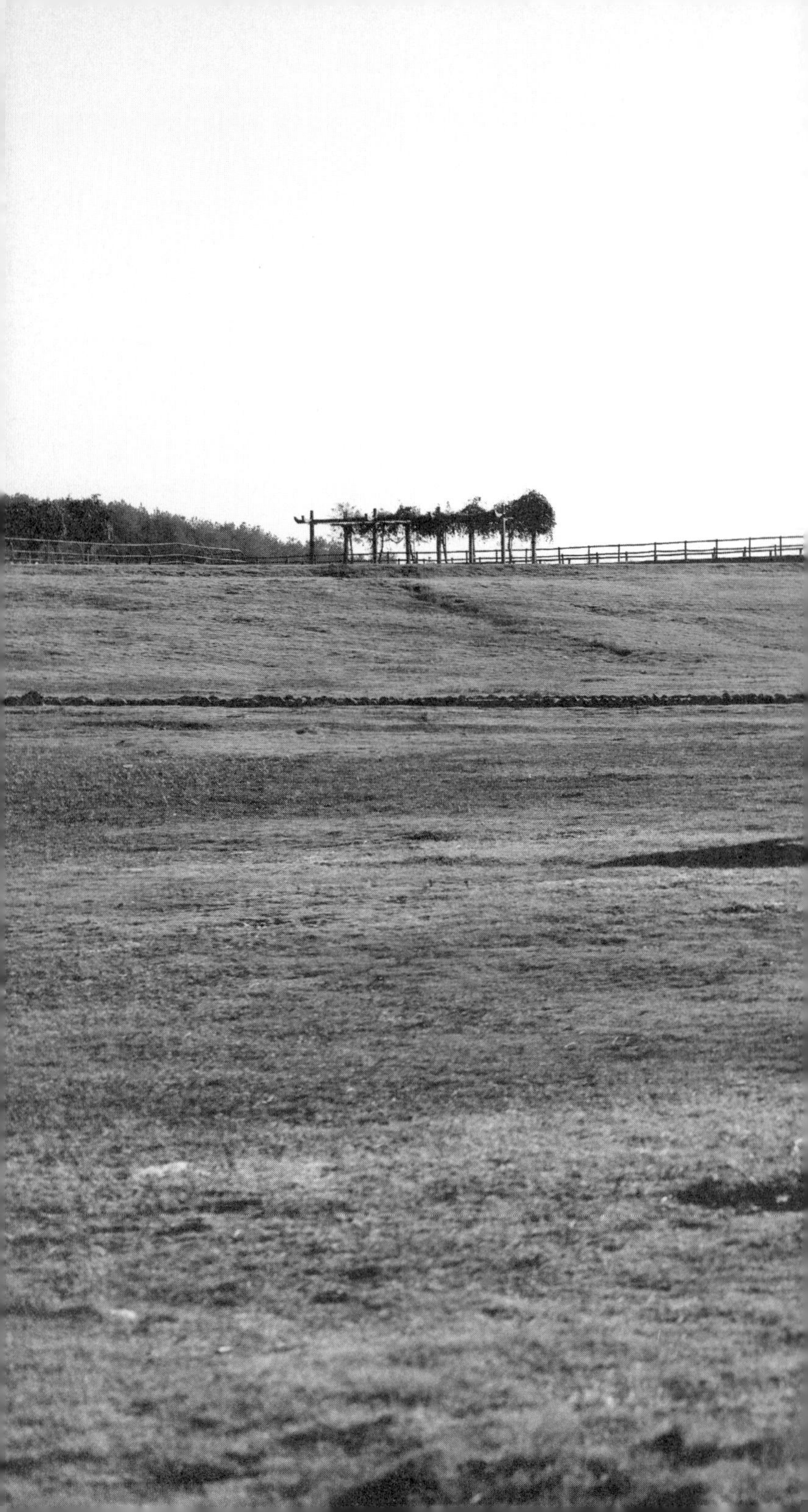

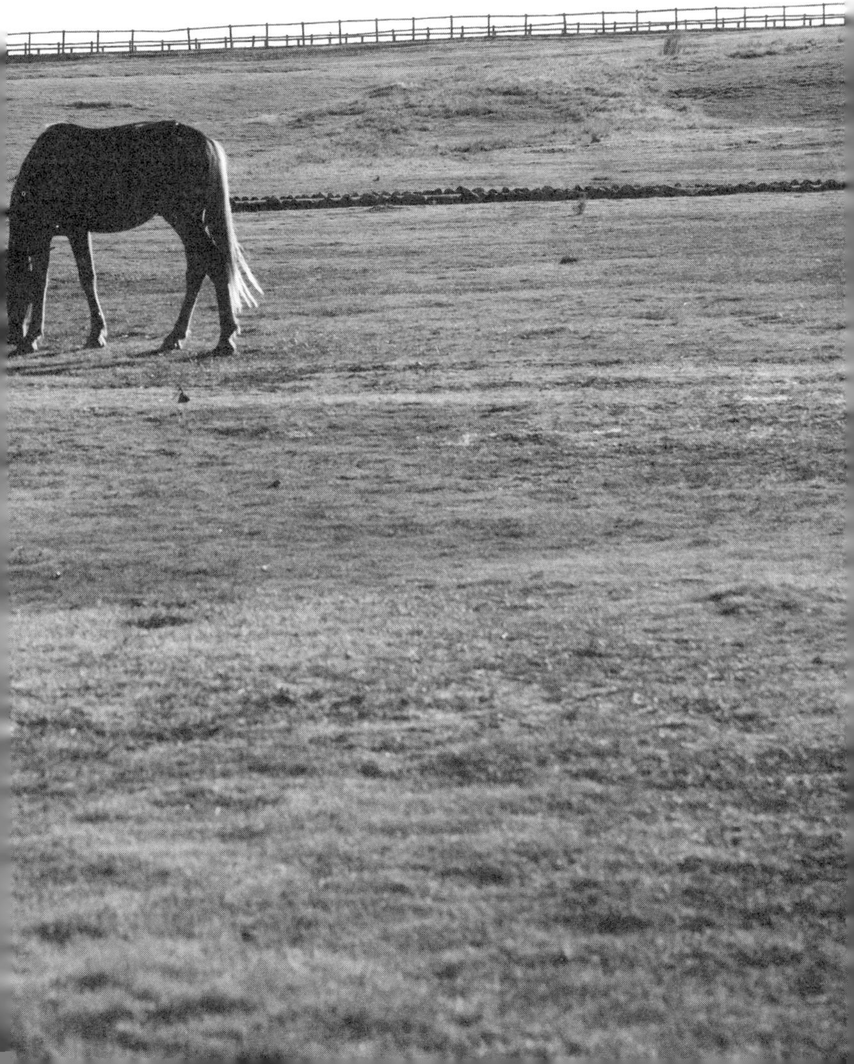

散步（63）

晚上在西贝莜面村

选了条牛脊骨

作为犒赏

他进校队四强（他说他成了校园红人

副校长当众举起他）

到家后

又啃了只螃蟹

洗完澡

早早钻进被窝

互道晚安

关上灯

让门开着

回归自我

眼看外面在下雨

顺势放起小曲

假装在梅堰路上

散碎步

感受梅堰河深邃的波纹

敲几行流水句

作为今天的总结

哪怕生活平淡如水

也要找到

恰当的仪式感

以显示内部

值得珍视的部分

散步（64）

看到了湖

就忘记了河

看到了海

就忘记了湖

不不不不

这样可不好

看到了海

就想起了

梅堰河

这样就好

夏天 我在海边

想起河

冬天 我在河边

想起海

这样就好

散步（65）

河床已经露出

河水即将干涸

冬天的结局

最怕这样

等于一个人包场看悲剧

满屏的泪水

全部

洒在一个人身上

你抖抖身子

站起来

离开现场

去找一只狗

来对抗

这种冷痛

可能没必要怎样

梅堰河，它只是在尝试

更新一些辛苦水

解救众生

散步（66）

有了流水的旋转

月亮才

圆得心甘情愿

左上月，右下水

中间一条

梅堰路

越平常就越能感动

将双手交给口袋

耳朵交给音乐

把眼睛留给梅堰河

这条路走了有

200遍

没得解释

还是有

突然的陌生感

散步（67）

隔着雾

看不清梅堰河的眉目

什么时候

它学会

像一碗小馄饨一样

清澈见底

世间就能少掉

很多荒唐

大家看世界的眼光

也逐渐温良

只是它是一条河

认真地流着

给不了爱

也给不了期待

只有流动

一把真正的锁

散步(68)

梅堰河流向一个我去不了的地方

带着自己的温度

交融着

让无形化有形

不动声色地告诫我

腿能到的地方非常有限

心能去到哪里

却有足够多的空间

不需要理由

自己就可以建造起城堡

真自由

一寸寸水

托起一张张落叶

结伴而行(水能渡叶)

是最高智慧(也是最高愚蠢)

散步（69）

空气好的时候

散步就习以为常了

梅堰河水在晃动

水中的灯火

扭动着

挑逗着

对岸的那只黑猫

它努力

往后退一步

还是甩不掉

眼里

锁定的

羡慕

那个戴手套的小男孩

朝河里丢去

一张梧桐叶

就成就一首

意味深长的诗

李白见了

也羡慕

散步（70）

1月3日

不下雨

不下雪

梅堰河走得很温吞

灯光照住半条河

在时间的长河里

我们只是渡者

把一生

傻傻地扔进去

看看

究竟能不能

溅起一点浪花

可浪花只能是浪花（没别的可能）

转瞬即逝的东西

再用力

也只是用力

够了，

冬天不作狼狈的诗

夏天不说放纵的话

散步（71）

拒绝冬天

拒绝梅堰河

拒绝每一秒加每一分

领受淘气的光

加饱满的梗

加过气的缘

保存好难过

才有脸去开心

一半

加另一半

都在你脑子里

膨胀的灯光

霸占整条街加整条河

不要用失落的

语气

去写诗

要用分享的心

来看梅堰河

然后接受现实

离开它

散步（72）

走到这里

我停了下来

梅堰河没有停

只是它

形同虚设

水又少（又浑）

即将成为一条枯河

红灯亮起

树叶凋零

外加一点冷风

正好构成反景

无法定义这个冬天

走再多的步

也不能激活泪腺

散步（73）

文正街离梅堰河有多远，我唔知

那么关灯后我离海有多远

我唔知

每一条河流总有点历史

每个人也总有点故事

只是我什么都唔知

走到橄榄树学校门口我好唔知

这是一所国际视野的学校

LED灯光四射，里面的文化璀璨

站在门口，书香四溢

完美！

沿围墙走一圈

胜读十日书

海康威视实时监控

高度兴奋的学生

应该是教育之所幸

今晚的散步沾上了点学术

慢慢忘记梅堰河的样子

散步（74）

高铁像彩虹

一样地开过

我闷骚地看彩虹

不能自拔

今晚，月亮不停地傻笑

应该是过于直接的关系

那就让我做一台被遗弃的拖拉机

如果充满着喜感

也是因为你的原因

一个穿风衣的女子

牵着白色牧羊犬

走在我前面

她最大

今晚

树还没有发芽

看上去

充满秘密

散步（75）

起风了，起风了

河水有了波动

树叶之间有了回响

夜色很旧很旧

回忆没法

发芽

一辆橘色TT车

就插在两棵树的中间

而我就在边上

成了你想象的样子

要翅膀就有翅膀

要力量就有力量

散步（76）

摇动柳枝的风同时

摇动我头发

紧接着三个雷

劈过来

我越看越不对了

河水都在摇晃了

立刻往回跑

刚进小区

就"哗啦啦"了

湿了点头发

还好可以走地下车库

算是躲过了

这场雨

这么快的雨

连行人都难以招架

真是夜来风雨声

花落不知是多少啊

散步（77）

一支浮标停在水中央

一盏蓝色的灯

照住它

使它一动不动

这就叫夜钓

我没钓是他钓

如果我是他

我就到梅堰河里钓

那里的水是活的

如果他是我（他不认识我）

就会求鱼别来闹

让我的天静静地欣赏

一夜的寂寞

散步（78）

树刚长出新叶

路面干燥

风速刚好可以

吹起呢绒　还有

我们的刘海

丁字路　三面都是绿灯

却没有车

经过　好奇怪

只有一个爆炸头男

缓缓走去

雨是不会下的

料他也不敢

我还没　散完所有

美妙的夜晚

只在春天里收获

试想　只有灯全灭了

才能显露

城市的眼睛

散步（79）

远远看见

有一种熟悉感

扑面而来

自南向北的梅堰河

右转是满地樟树叶

左转　一群嫩绿柳条

讲不出好在哪

就是好

希望是遇见

一个

我不认识的春天

却撞见一个

打太极的白头翁

挥出一条

舍命相救的弧线

对准一株

梨花树

散步（80）

雨　下完

可以出门散步了

一个人散哑步

顺着潮湿的盲道

走到河滩边

俯视河面

多像

一个平板显示器

吸走你此行的目的（还有情绪）

敲打几行字

雨下过后

你踩的每一步

都是在和清风打架

散步（81）

五二八返回

梅堰河

河水

一如既往诱人

且平行于路面

带舒缓的节奏

流动

没有感情色彩

此时，一粒樟树籽

刚好裸露在发丝上

甩掉它

同样不带

感情色彩

一架飞机

浪费地飞过

我们的头顶

清凉无比的声音

梅堰河也比不过

昨天刮了大风

今天的空气

就有点

挪威的森林

我确定

现在是 24℃

没有更好的催化剂

打开过去

散步（82）

花在尖叫

树在叹息

密密麻麻的芳草

在东风里

因为相互挑逗而

被记忆删除

沉默

是雨一丝不挂地

掉

进

泥土里

散步（83）

在花丛里走

似乎走在油画里

那些花一动不动

非常稳定

但每一朵都保持

狂妄的动作

任性张扬

不够温柔。毕竟

花期短暂

罪过罪过

低调的是蛙叫

轻如纸尿裤

散步（84）

慢慢散到

三岔口

就是可以

往左

往右

甚至往后

我停在这

四面都是玲珑草

月亮死死地照住我

更加重了

选择的难度系数

只好闭上眼睛

听一听

高铁

短暂而新鲜的指引

可是高铁

又能去哪里——

这里的停顿

只能作为

未来三分之一的缅怀

散步(85)

面朝地面,背对月光

站在草中央

如果可以

请来点

简陋的风

让它的耳朵

失去判断

尾巴　永远

不要　摆动!

散步（86）

今晚的月亮

橘色的

是一种害羞的颜色

预示着散步

弯越多　越慵懒

就越能匹敌

这种黑色的爱

散步（87）

对一只青蛙叫两下

歌声简陋

但至少情谊牢靠

在同样的夜里

野花开了

一茬又一茬

高铁在月亮底下

清新地开过

轰——

知了跟蟋蟀

已经没了声音

夏天一过

连草

都开始萎缩

夜猫忧郁地躲了起来

难道

不应该么？

要不然就是

我双腿的错了

散步（88）

这样的秋天

这样的夜

除了散步还有更多的快乐

任你选择吗

散步散步散步

散过牵狗的大叔

散过牵猫的少妇

散过一条河和几十棵树

散的是不二之选的步

那些花花草草还认得么

高铁轰轰烈烈地开过

雏菊会给你一个美妙沉溺　凉风

触摸着你的胡须　池塘里的小鱼

会轻描淡写地钻进你视野

接受你的检阅

那些野花　谢谢开开

一个恶性循环

该出现的都会出现

只有石头　冥冥

不在五行之中

散步（89）

又回了一趟梅堰河

旧灯光照着新水

明暗相间地告诉你

流水定律

存在或消失

都是假象

水不变

形式在变

记忆的光点

会串成一条线

把我们的灵魂捆绑

让我们无法像水一样流动

像孩子一样笑得清澈

这剧本真够烂的

当秋风吹落一片树叶

我乘机弯腰系鞋带

就在梅堰河边

散步(90)

九月

是一个需要依靠的月份

我倚靠在车窗前

让脆弱

暴露在眼神之外

那些灯光下

有没有人

他本身就是一件作品

可能是

一张快速掠过的脸

在车窗里

往反方向而去

或者

一对线条匀称的腿

搁在裙子正下方

往微风袅袅的远处

缓缓挪动

又或者

一只手搭在

另一个人的肩膀上

呼吸

有时候他们的存在

以线性的方式

告诉你

世界还有很多

你不知道的

最厉害的是

有这样一件作品

在早上六点

他就已经烂醉了

瞪着一面破碎的镜子

发呆

用一张无神的脸

对抗着

世界的

墙壁

散步（91）

你站在一群向日葵前

想起了你和他，她和她

还有他和她

你想做一道除法题

除来除去

想

得到一个

理想公因数

工作。感情。生活

都要像这一群

向日葵

整整齐齐

最后得到的答案

是高调地抛弃自己

散步（92）

6点半

梅堰河上的灯

还没亮

河水显得

相当神秘

我知道它在流

但不知道它

往哪里流

只要是夜晚

它怎么流都可以

又不妨碍岸上的走路的人

更不妨碍正在

欢欢喜喜

扭动自如的老太太

桂花的香味

覆盖着水面

让整条河

布满相思的气味

你还能

犹豫什么

散步（93）

花朵原来

在夜里衰落

露水　了无牵挂

笼罩着

每一个无力挽回的

休止符

在离开之前

用力灿烂

在每个平凡的秋夜

高铁会

低调地驶去

反馈回阵阵凉风

散步（94）

能够被清楚地看到底部

是梅堰河的

最佳礼遇

我看到了底部

但什么也不能说

只能

爬上临平山

把整座城市

悄悄地

踩在脚下

立冬

那里的灯光

能穿越整个秋天

散步（95）

当散步变为雨

雨变为前世的记号

我放松地

走进雨里

顺便掏出口罩

只可惜

其他戴口罩的少女

像烟花一样燃放

燃后

短暂

天上的雨

可不会停

下到人的眼睛里

才恍然领悟

失恋的美

散步(96)

病毒不是出自地球

该多好

又增加了一个

仰望天空的理由

仰望的理由

很多

比如

什么什么

什么什么什么

和什么

低头看会儿梅堰河的理由

不太多

除了想念未来

就是担心现在的你

现在

整个地球都在敲警钟

而柳树正在发芽

水里的马头鱼

欢快地点着头

散步（97）

再次沿着梅堰河

已是今天

海棠正浓

河水浅得让人心疼

灯光

五花八门地亮着

香樟树的叶子

颓废地撒满河滩

好像忘记了

去年春天的事

摘下口罩

遇见了

一个骑自行车的钓鱼人

东张张，西望望

散步（98）

在冷风中站立了35秒

发觉不合时宜

又回去房间

全球性金融海啸

如自杀式雪崩

吸干所有的

流动性

黑天鹅的每根羽毛

在海啸中

闪烁着

金色的光芒

散步（99）

一滴雨

也就是

一滴水（凉凉）

一个人就是一个

你，一个你

正站在树下

停止走路（看着雨）

奇形怪状的路

懒洋洋

伸向远处

在转角的围墙内

开着一朵花

和一盏灯

三片树叶

被雨粘住

在车子的两端

你拾到一个长吻

在雨的包裹下

风险为零

散步（100）

一百

原以为

到不了

100（这数不小）

在我懒散的日常里

不会有规律

整体性的

事物

出现

一阵风

换来的是一阵雨

雨中散步

是比较稀有的酷

所以落在头发上的雨点

比荷尔蒙珍贵

今晚怎么走

堰河

散步(101)

眼前的这条河

不像梅堰河

看得越久

越不像

因为它不流

岸边还写着:水深危险

流动的河

是有灵魂的

它会在你失忆时

告诉你一些事

在你散步时

配合你

这条河又黑又深

不入流

一点也不像梅堰河

散步(102)

月亮

兜兜转转

音乐响起来

先要在花海中

开辟一条没有名字的新路

然后才能找到那些流亡的句子。

散步（103）

立夏。没有比立夏

更舒服的节气了

立夏的风

尾随着你的脚步

建立起一套标准的穿越

一些芳草在风里抖动

轻飘飘的样子

像是秀发的诱惑

树叶也承认

摇摆

是因为值得

这时出现一个声音

散步，最好

不要太久

散步（104）

这条路上没有猫

也没有河（梅堰河，如果可以）

只有两三个少女和一堆草

少女的影子在灯下

逐渐拉长

她们从草丛中经过时

冰冷得

像三朵开挺的木兰

在恰当的位置

突然消失

高铁流畅地开过

引爆了草堆里的蛙叫

超出了草的范围

只是没有猫

散步(105)

出门赏风

它横冲直撞

吹动树木、行人的衣服、河边的芦苇

制造出

一张动态的山水画

你是草是木还是鸟

都是画里的

绝对名词

只要风一吹

夜晚的成色

就醉倒在你的脚边

风越吹越大

送来

少年的决定

散步（106）

2020年6月1日
下弦月
我吃饱了没事
走在文正街
风很干燥,我做了一个分身动作
想起了1988年
发生在操场上的事

散步(107)

两盏蓝灯

风平浪静的河

光芒射向水面

又折回天空

无穷无尽

四目

桥上路过的人

都带着小动作

芋艿梗,黄瓜藤,玉米须

那些理想的夏日道具

在风里缓缓变得

撒撒瑟瑟的。

风向偏东

掠过

鹅掌楸的叶

挽回不了那些

命运中

铺天盖地的闪烁

散步(108)

一条河在雨水的灌注下

丰满起来

节操碎了一地

雨

让它膨胀

把河堤揽入怀里

把钓鱼的人

甩在岸上

把诱人的饵

丢进嘴里

渔获不可见

任意的雨点

装点着梅堰河

河床又在哪里

散步（109）

这条路越美

孤独

  越长

一个人蹲在路边

看着

  世上的光

行色匆匆的是人

他们走过来

又走过去

等于要把过去

割断

过去

怎么可能割断

未来也算过去的

一部分

路不长

散步（110）
——被秋风吹走的记忆

所有的风里

我最怕是秋风

只要你往里一站

那些快乐的往事

就像一片片落叶

缓缓

掉下来

永不停歇

散步（111）

今天我钓了十条鲫鱼

样子都很不错

它们用眼神

通知我

意外的惊恐

来自本能的挣扎

显示出

旺盛的求生欲

一想到它们的兄弟们

还在水里不停地寻找

如果还是找不到它们

恐慌会不会扩散

如果是

目前我所站的位置

就成为

我内疚的起点

罪恶的分割线

但是它们的确

叫我心动

每片鱼鳞都闪耀着

钻石般的光泽

眼珠黑亮而神秘

椭圆形的身线

饱满流畅

小雪将至

湖水涟涟

我要以秋风扫落叶的姿势

把它们带回去

（海涵。）

散步(112)

芒种,当进入诗的内部
就有一种不想出来的
冲动。

前面那个戴帽子的女孩
很像我的妹妹(我能有个妹妹吗?)
瘦瘦的身体上挂着一个巨大的挎包
短袖牛仔衣下贴着一条松垮的碎花长裙
她右手握着手机
贴紧轮廓分明的耳朵
在和哥哥通话中
她的确走得慢
连裙子都被背后的风
带出一条腿痕
她漫不经心的脚步中
看出一丝紧张后的释放
她的语速不快
语音柔和而恬静
像傍晚的向日葵一样低着头
跨过几棵银杏的树影

她不知道她哥哥

就在她身后

漫不经心地眺望她的背影

同样也走得慢

散步（113）

是无聊乐队

让冬季失魂

那是一条寂静的河

无所事事

两岸的事物

都被冷藏

只有美团小哥的电动车

散发着一点热能

在光秃秃的树丛中

猫眼射人　草枯绝

情愿没步散

散步（114）

如果有得选

站在阳台上喝拿铁

不如去春风里

阅读梅堰河

站在屋檐下躲春雨

不如去接雨

接受它的无辜

柳条也会

倾向性地倒向

你的这一边

前提是

梅堰河不在

只有雨

散步（115）

分区在梅堰河这里

起不到作用

即使河的这端是临平区

那端是余杭区

四月的河水依旧流得欢

蛙叫声和海棠花瓣同时

撒向河面

有种纸醉金迷的幻觉

有很多人必须趁着夜晚

趁着响亮蛙声

带着各自的表情

慢慢蹚过河水

偶然的是

这点波澜会不会

被灯光待见

谁知道

流过的只是

四月的河水

散步（116）

来到桥边

刚好有人在钓鱼

他认真地把线和漂甩向河面

这个动作很熟悉

蓝色的灯光

又恰到好处地照着我们的河面

啊呀

我是有多久没钓鱼了

想起每次钓鱼

就好像一次禅修

在现实与虚无里游荡

又像在睁眼做瞎梦

侥幸时听到青蛙

呱呱，呱呱的叫声

提醒我

月色将至

散步（117）

一朵花开仅需三又二分之一秒

而拔掉一棵灵魂

却要

耗尽一生

散步（118）

午后的弄堂

一个戴着鸭舌帽的老头

抱着一盆郁金香

贴着墙缓步走

这是在电影里么

电线杆、墙壁、惨淡的云和潮湿的地面

他是个不需要女人的老人

背景音乐

是莫扎特的四十一号交响曲

他像一只还没退市的股票

散步（119）

这么多树，没有两棵完全一致
这么多人，没有两个
完全一致，感叹造物之神奇
每个物体都是独有的存在
哪个东西不是绝版
刮起了风
那些树在风里舞动
我能读懂他们的性感舞姿
地球上的物种
能高光一点
就高光一点
（来西部的路越来越堵了）
这个点还没到

散步(120)

起风了,一盏蓝灯

又在河面点亮

是秋风,高中时

也有人叫秋风

这是个凉快的名字

直叫人双手护住肩膀

熄火的夏天

我潦草地散着步

越来越慢

为了尽快去

适应秋天。

散步（121）

如果世界的河流

就是为了带走我们的

我这里有一条河

叫做梅堰河

它什么都不做

只是为了给我们暗示

暗示时间真耀眼

你看不见

但不得不去正视

它的速度

有一天

我没有去那里

只是在手机上不停搜索

关于时间的馈赠

桥上　山上　路上　岸边

散步(122)

关于红灯

关于银杏叶

关于虚无

关于迷幻型冬季

关于吉他和烟雾

关于梅堰河里的草

我已经没有多余的词语

关于散步用的基调

散步（123）

清明之前的阳光格外亮，吸引人毫无理由地走进去
但还缺少一杯咖啡作点缀，园区内有一个小湖
湖水很养眼，水草里有鱼翻滚过的痕迹
路边还有粉色海棠来烘托气氛
就是这样的一个春日午后
从无数个春天里抽取
某一刻。挂念。

汤圆梦

一碗汤圆就是一个梦
吃了
一碗汤圆
像做了一个梦。

天空醒了
鱼也醒了
雪还在下。

散步（124）

初二有雪，树枝上的雪。夜长梦多。什么叫雪？什么又叫冬天？有雪就是有点东西让冬天显得不虚。不需要太努力，轻轻压在树枝上，跟羽绒服的颜色一致。让所有想看见的人看见，这就叫雪。让所有路过的人心里感到火热，这就叫冬天。在故乡的冬天，初二终于下起了雪。梅花也将开放。树下的虎，前爪嵌在雪里，双目紧闭，神色泰然，而雪和运气同时从天上缓缓落下。

散步（125）

当你的脚跨出的那一刻

打铁关到了

人群涌动

行李箱

纷纷扰扰

规范性移动

各式各样的发型

秘密武器

有一个眼神对你来说相当纯洁

看过之后，害羞地避开

打铁关是入口

也是出口

星期三

跨年夜

妹妹请我去跨年

我们围着炉火

烤芋艿、番薯、香蕉、橙子

以及《散步(121)》里的诗句

这些奄奄的诗句

在这个特殊的夜晚复活

竟然有着惊艳的效果

每个人都许下了新年愿望

以炉火作为见证

2021即将过期

还好在保质期之前

所有人及时兑换到

2022的入场券

念想

那些遗憾和不堪

终于在火堆前化成灰烬。

希望

每个人都有希望

而希望是用来甩出去的

有的甩得近,有的远

近的很容易找到

远的就比较麻烦

所以有些人没找到

不管有没有找到

最终希望还是会回到

每个人的身边

那些没找到的人

是当他们闭上眼睛，离开世界时

希望回到了他们身边

散步(126)

写只是为了

和不同的自己相遇

如果不写

你是不会知道

体内住着多少个人或物

写一点

就会清晰一点

但还是会漏掉一些

重要的

从局部

或冥冥中

获得本该属于

你的运气

你能遇见的

很有限

发现

是无限的

你发现无数个自己

过马路

并不意外

故事由此展开——
一个开心的你和一个悲伤的你
在同一个十字路口相遇
时间是错开的。

富士山的雪

你坐着
我坐着
大家都坐着
新干线
去箱根泡温泉

富士山上的雪
像奶油冰淇淋
很想去舔一下
就怕突然
雪崩

泡在泉池里看
让我想起了
外婆的头发

白到某种程度

就不会再白了。

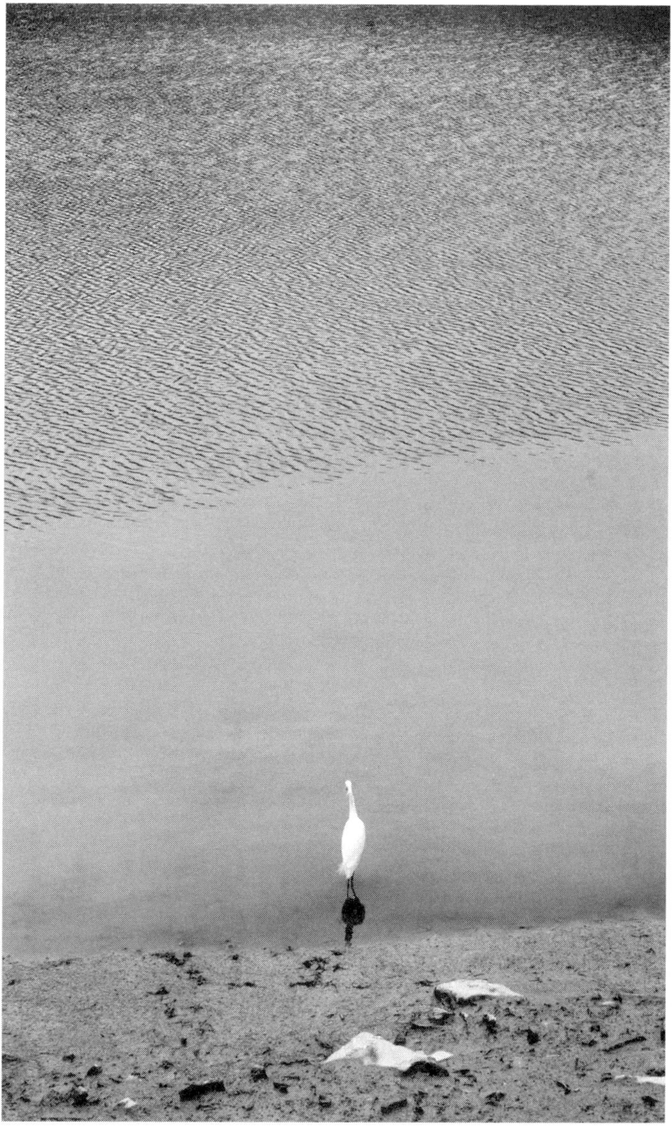

散步（127）

广场舞已经跳到马路边

散步还停留在原始阶段

从人类直立行走的那一刻始

散步就已经成立

现在是散步时间

荷塘边

东风十里，蛙声片片

就这两句

已将诗意带入本诗

至于广场舞

哪怕音量调到最大

也只是柴米油盐

不能让诗意缩水

蛙声此起彼伏

堪比"热情沙漠"演唱会

遍地雏菊

成了欢乐荧光棒

散步（128）

走得再远也

寻不到

梅堰河的尽头

只见有人站在桥头

将一大盆水

洒向河面

溅起一大片水花

像是给

河的过去

画上双引号。

散步（129）

这首歌的另一个名字

叫"拿萨马谷"

柔柔的气息

逐渐展开

想跳进那个剧本里

用一把迟到的猎枪

对一朵雏菊

扣动扳机

对着春天射击，然后

轰掉那颗膨胀的心

归零。

热闹的池塘里

只剩下了一颗星星

不想敷衍下去

今天就到

这里。

散步（130）

天空蓝蓝

空气凉凉

回眸已三年

是时候去一趟梅堰河了

河里的波纹

会不会

经受住时间的考验

依然熠熠生辉

还是早已

被猫眼嫌弃

在这个干燥的夜晚

月亮有如从烘干机里

取出

被悬挂在熟悉的位置（星星的中央）

三年前　那一连串的夜晚

不就是

被恣意地安排在

梅　堰　河

自我的进化论里

河岸的柳枝和海棠

总是恰到好处。
治愈着柔弱的河流
春天是一个
伤口愈合较快的季节。

一碗兰州拉面

今天的面
有葱花有香菜
有三片薄薄
泥浆色的
牛肉
浪漫
这个词用在一碗
兰州拉面上
不知合不合适
反正就是
细嚼慢咽地让时间
缓缓流淌在一碗兰州拉面里。

玩笑世界的纪念日

不由自主地想起他的电影

柔和的气场

杀死人的眼神

以及那句——

"我像那银河星星

让你默默爱过"。

多年后听见

也能让耳朵怀孕

仿佛是说

结束

又是

永恒的开始。

落雪庆祝

下雪啦

雪又白又轻

从天空落到地面

慢吞吞

摇摇晃晃

又井然有序

从云端抖落的白色

旋转旋转旋转旋转　旋转着

落地即化

很聪明

对人世绝无留恋之意

一只夜莺停在地面

啄了几口雪

没啄到

就飞回了天空

那个少女站在雪里

用帽檐盖住眼睛

红色的嘴唇

想叫出雪的名字

最终呵出一些热气

这些快乐似精灵

悲伤似骨灰的玩意儿

随风飘舞

密密麻麻

有点小热闹

他们经过我窗前

向我招手示意

天下谁人不识君

下雪啦
白茫茫的低头
白忙忙的走路的人
别忘了停下来
雪很大。

散步（131）

卖烤肉的大爷
在十字路口
卖烤肉

钓鱼的小伙子
坐在桥墩上
钓鱼
（两根线放进水中）

撸猫的少女
在自己的怀里
撸着猫

雨负责下
梅堰河负责流淌
灯光负责照亮我们的脸。

散步（132）

散步

可长可短

一炷香或是一部电影

均可以接受

曾经的梅堰路

垄断过我脚步

那两百多个夜晚

不是抬头先找月

就是低头看会儿梅堰河

两条腿

像海浪一样自由

现在我只能

先晃进这片草丛

慢慢俯身

去探视

一朵雏菊能否

先回答我一个

为什么

散步（133）

电线杆竖在花丛里

残荷折在浅湖里

蛙声。七零八落

时断时续

没有风

这十万朵雏菊

一动不动

安放于

时空交界地带

多分子结构的香气

来自混浊且

笨拙的宇宙

眼前的一切

来自

时空映射里的奇点

偶然又必然

物物纠缠

在随机性夜晚。

散步(134)

汗水味与香水味

还有音乐、视频、风声、轨道的摩擦声

互相纠缠,到站提醒后

车门打开

一个头发干枯的女孩

走进来,转过身和两个女人

并排而坐,一起跟着地铁的节奏晃

大男孩,很高大,正在看手机上小说

左耳边缘有一个不成熟的孔

另外是个手游狂,双手托着手机

手指舞动于虚拟的画面之上

看上去这班地铁的信息含量

较多,每个人都在表达

一些个性化的碎片,而地铁来来回回

都是稳定性承载,没变出别的

花样。

散步（135）

车轮在滚动

夜晚在旋转

引擎盖上的水珠

在颤抖，在往上蹿，在凝视我的

方向盘，波及我的乐观

最后，挡风玻璃裂成

一道横疤，将夜晚

分成两半，天空那端

渺小得像没有

下面的一半干干净净

后视镜里

反射出几片散落的花瓣

停住。人注定要失落

不管是来自内部还是外部

夜晚不会

一直停留在失落的圈圈里

会一直

滚滚向前，吐出

西风凋碧树。

散步（136）
—— 散步周年记

凉风

稍微有点刺背

上弦月。没其他的构景之物

散了三周年的路

这条河已经流了上百年

今晚它仍在流

从头到脚只有一个字

——慢

河水隐隐晃动

想说点什么

一副欲言又止的样子

我走在河边的马路上

跟河水速度一致

如果这样可以防止时间流逝

会不会违背

爱因斯坦的相对论

在这个绝对的

立夏之夜。

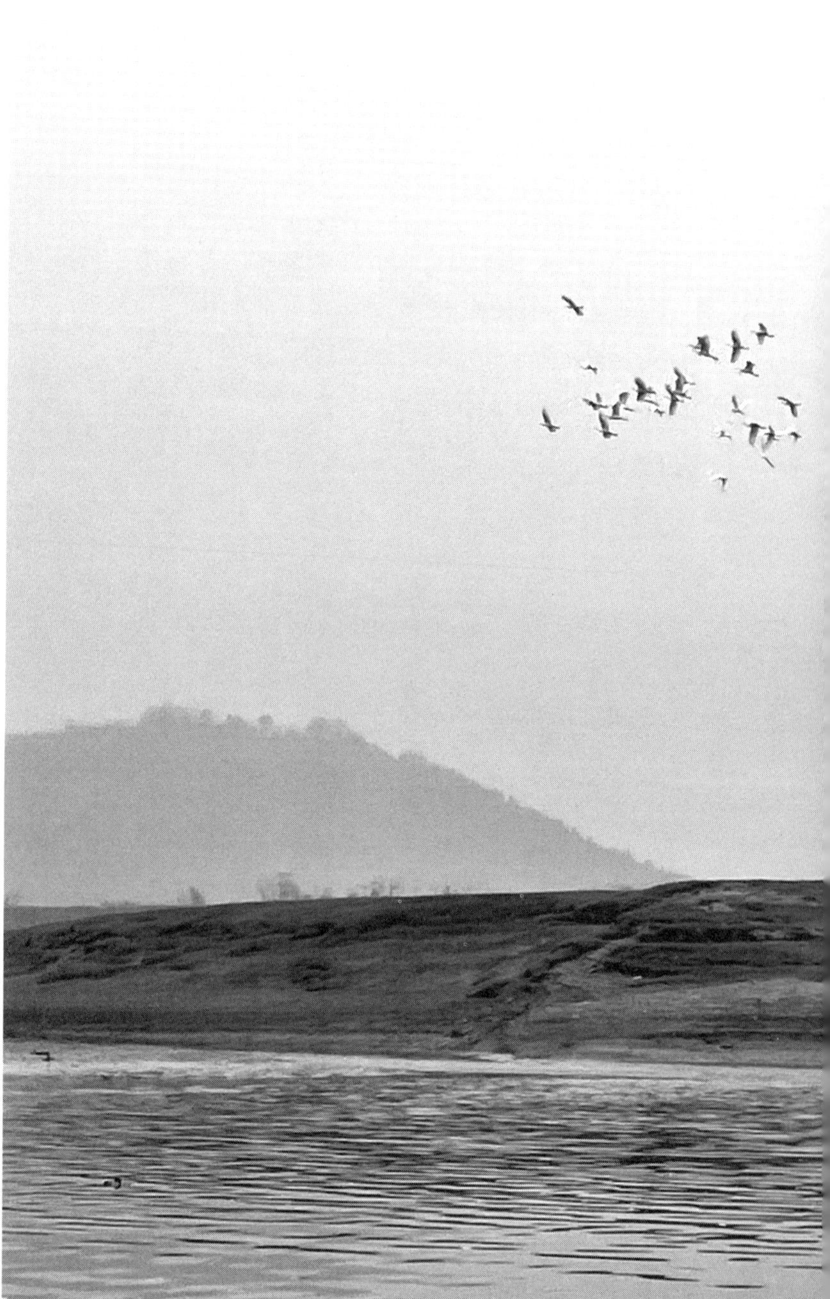

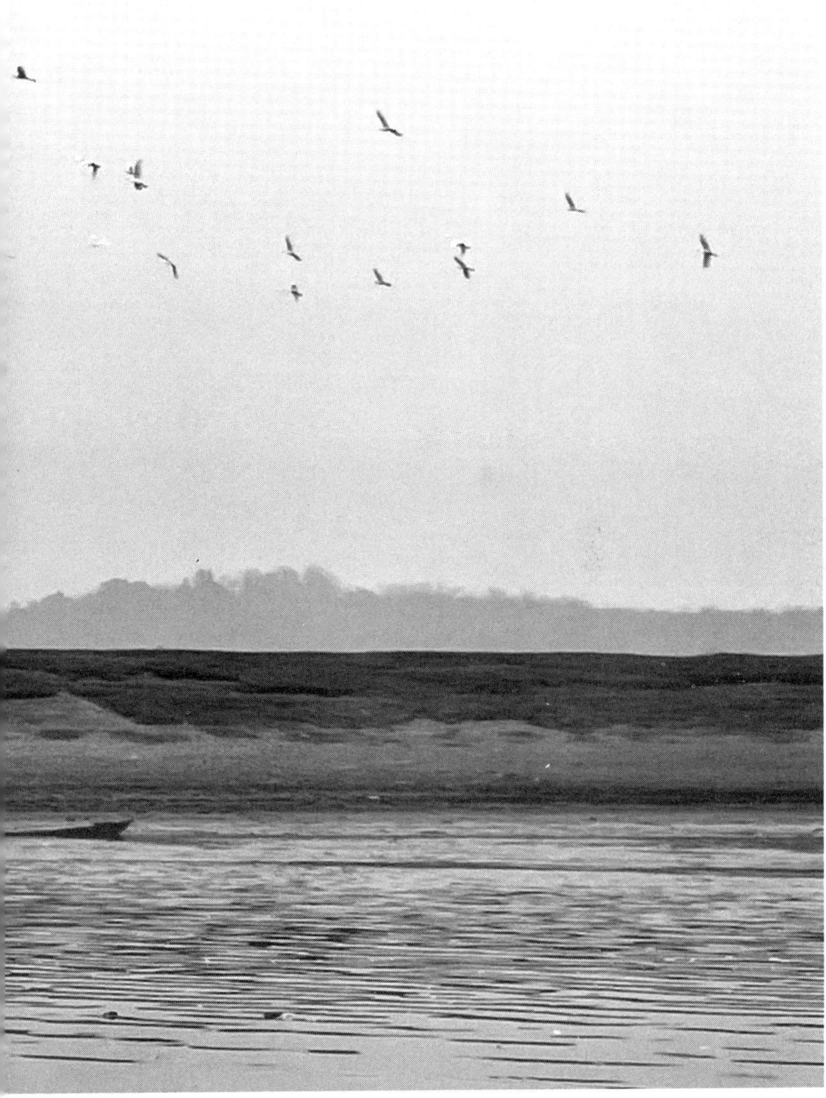

图书在版编目（CIP）数据

散步曲 / 沈艺羡著. -- 武汉：长江文艺出版社，2023.9
ISBN 978-7-5702-3039-6

Ⅰ. ①散… Ⅱ. ①沈… Ⅲ. ①诗集－中国－当代 Ⅳ. ①I227

中国国家版本馆 CIP 数据核字（2023）第 054454 号

散步曲
SAN BU QU

责任编辑：谈　骁	责任校对：毛季慧
封面设计：Sean	责任印制：邱　莉　王光兴

出版：长江出版传媒　长江文艺出版社

地址：武汉市雄楚大街 268 号　　邮编：430070
发行：长江文艺出版社
http://www.cjlap.com
印刷：湖北新华印务有限公司

开本：880 毫米×1230 毫米　　1/32　　印张：7.875
版次：2023 年 9 月第 1 版　　2023 年 9 月第 1 次印刷
行数：4230 行

定价：52.00 元

版权所有，盗版必究（举报电话：027—87679308　87679310）
（图书出现印装问题，本社负责调换）